熊逸书院

《人间词话》的哲学基础

熊逸 著

北京联合出版公司

图书在版编目（CIP）数据

《人间词话》的哲学基础 / 熊逸著. — 北京：北京联合出版公司，2020.3（2024.1重印）

（熊逸书院）

ISBN 978-7-5596-3649-2

Ⅰ. ①人… Ⅱ. ①熊… Ⅲ. ①词话（文学）-中国-近代②《人间词话》-研究 Ⅳ. ①I207.23

中国版本图书馆CIP数据核字（2019）第210491号

《人间词话》的哲学基础

作　　者：熊　逸	产品经理：罗长礼
责任编辑：喻　静	特约编辑：陈　红　郭　梅
封面设计：人马艺术设计·储平	内文排版：任尚洁

北京联合出版公司出版
（北京市西城区德外大街83号楼9层　100088）
北京联合天畅文化传播公司发行
凯德印刷（天津）有限公司印刷　新华书店经销
字数 198千字　880毫米×1270毫米　1/32　7.75印张
2020年3月第1版　2024年1月第9次印刷
ISBN 978-7-5596-3649-2
定价：48.00元

未经书面许可，不得以任何方式转载、复制、翻印本书部分或全部内容。
版权所有，侵权必究
如发现图书质量问题，可联系调换。质量投诉电话：010-88843286/64258472-800

※ 目录

第一章 《人间词话》的哲学基础（一）

《人间嗜好之研究》之一 ... 2
《人间嗜好之研究》之二 ... 7
《人间嗜好之研究》之三 ... 12
借李白的"故人西辞黄鹤楼"
　　谈王国维"遗其关系、限制之处"的美学观点 ... 16
实用和审美背道而驰 ... 21

第二章 《人间词话》的哲学基础（二）

叔本华《作为意志和表象的世界》与摩耶之幕 ... 28
休谟《人性论》之一："无我"与心灵舞台 ... 32
休谟《人性论》之二：并不愚蠢的杞人忧天 ... 36
康德《纯粹理性批判》之一：分析判断和综合判断 ... 41
康德《纯粹理性批判》之二：
　　头顶的星空和心中的道德律 ... 46

第三章 《人间词话》的哲学基础（三）

    康德《纯粹理性批判》之三：二律背反   52

    康德《纯粹理性批判》之四：时间和空间真的存在吗？ 57

    康德《纯粹理性批判》之五：一即一切，一切即一   61

    康德《纯粹理性批判》之六：

        上帝有多高，永生有多久？   66

    普罗提诺《九章集》：永生之后的你还会记得亲人吗？ 71

第四章 《人间词话》的哲学基础（四）

    柏拉图《斐德罗篇》之一：

        对话录的文体传统与古雅典的离奇爱情   78

    柏拉图《斐德罗篇》之二：灵魂吃什么？   83

    柏拉图《美诺篇》：到底是"实践出真知"，

        还是"回忆出真知"？   88

    回到《斐德罗篇》：哲学与爱欲的迷狂   93

    厄洛斯与爱欲：不变的主题，多变的领悟   97

第五章 《人间词话》的哲学基础（五）

    柏拉图的理念论：神在创世之前到底想了些什么？ 104

    唯物主义、唯心主义、现实主义、理想主义，

        这些大词到底是什么意思？   108

    "形而上学"到底是什么？   113

笛卡儿《第一哲学沉思集》（上）：
    一切梦幻与想象都来自经验元素的拼接　　118
笛卡儿《第一哲学沉思集》（下）：
    "我思故我在"以及"如果上帝是坏蛋"　　123

第六章　《人间词话》的哲学基础（六）

自由意志存在吗？　　130
恶从何而来（上）：
    善恶二元论的破产与斯多亚主义的人生哲学　　135
恶从何而来（下）：最大的大局观，
    一切负面情绪都只是因为你站得不够高　　139
柏拉图《理想国》（上）：洞穴之喻　　144
柏拉图《理想国》（下）：审美到底在审什么？　　149

第七章　《人间词话》的哲学基础（七）

从理想国的无诗之地到叔本华的审美直观　　154
叔本华的审美直观与康德的十二范畴　　158
回到叔本华：所谓人生，
    不过是点缀着几个笑料的漫长悲剧　　163
叔本华：审美与禁欲殊途同归　　168
叔本华的"三种悲剧"与《人间词话》的"境界"　　172

最后的致意

附　录　《人间词话》

《人间词话》原文	192
《人间词话》删稿	211
《人间词话》附录	227
重印后记	238
校订后记	239

※ 第一章

《人间词话》的哲学基础（一）

《人间嗜好之研究》之一

(1)"人间"从何而来？

《人间词话》的"人间"到底是什么意思？

如果你从没读过其他词话，反而很容易回答这个问题："人间"就是"人间"，大概是为了强调这部词话富有生活气息吧。如果作者愿意，当然也可以叫《天堂词话》或者《地狱词话》。

今天，给书取名确实可以这样，但词话自有词话的传统。清末有所谓三大词话，除了《人间词话》，还有况周颐的《蕙风词话》和陈廷焯的《白雨斋词话》。况周颐晚年自号"蕙风词隐"，所以他的词集叫《蕙风词》，词话叫《蕙风词话》。陈廷焯给自己的书斋取名"白雨斋"，所以他的词集叫《白雨斋词存》，词话叫《白雨斋词话》。再看王国维的词集叫《人间词》，词话叫《人间词话》，显得特别另类。

所以，"人间"到底是什么意思，让人费解。有人认为，王国维的词里常有"人间"这个词，比如我们最熟悉的名句"最是人间留不住，朱颜辞镜花辞树"，也有人认为，王国维这样取名，是为了表现"人生之问题"。后来有人在日本发现了王国维的一些手稿，这才晓得"人间"只是王国维的一个别号，所以，《人间词话》的书名范式其实并没有超出传统词话。但是，我们又会面临一个新的问题，那就是，用"人间"来作别号是不是有点奇怪呢？

确实很奇怪，最有可能的解释是，这个词来自日语里的汉字"人间"，含义比中文的"人间"更宽泛，除了表示人类社会，还表示人、人类、人性。王国维在写《人间词》和《人间词话》的时候，正是他熟读康德、尼采、叔本华的哲学书籍并沉迷于人生、伦理、美学这类有关人性问题的时候，而他留学日本的背景和当时中国文化圈追步日本的风尚都是他借用日语词汇的理由。我们还可以参考王国维写过的一篇短文，题目是《人间嗜好之研究》，你把全文通读完就会发现这个题目完全等同于《人的嗜好之研究》。

所以，如果硬要将《人间词话》这个题目翻译成白话，可以叫作"人的词话"。那么，"人的"词话应该从何说起呢？这就有点复杂了，因为要从康德、尼采、叔本华说起。康德他们又要从何说起呢？问题就更复杂了，要从柏拉图和印度的婆罗门教说起。如果以为《人间词话》只是词的赏析，那你就大大看低这部书了。这部书虽然很薄，原文排版下来只有二三十页，但它的分量很重，内容很深奥，读者需要有很好的中国古典文艺基础和同样很好的西方哲学基础才能读懂。所以，《人间词话》在今天被定为中学生语文标准课外读物之一，实在有点强中学生之所难。

《人间词话》属于那种看似很浅显、实则很复杂的经典。如果你没有上述这些知识储备，确实很容易把它看成一部赏析性质的心得体会。另外，《人间词话》沿用了传统词话的写作形式，一条内容只有三言两语，就像零散的札记一样，作者随手抛出来一个观点，完全不加说明，不作阐述。所以，在我们正式进入《人间词话》之前，很有必要尝几盘前菜。我们首先要看的，就是刚刚提到的那篇《人间嗜好之研究》。

（2）《人间嗜好之研究》

《人间嗜好之研究》是一篇只有几千字的短文，一直被人忽视，它虽然短小，但好歹是一篇有头有尾、完完整整的论文，逻辑很清晰，说理很精辟。而且，文章题目冠以"研究"两个字，名副其实，从内容来看，它并不亚于一些研究性质的鸿篇巨制。文章研究的是人的嗜好，小到抽烟、喝酒，大到文艺创作。那么我们很自然就会想到，填词当然也是一种嗜好，所以，理解这篇论文，一定能帮我们更深入地理解《人间词话》。

《人间嗜好之研究》首先给我们指出人心的一个本质特点，那就是时时刻刻都要运动：你可以想这件事，也可以想那件事，但如果让你完全不去想任何事，你肯定做不到。只有心充分活动起来，我们才能获得快感；一旦无所事事，就会陷入痛苦。王国维在这里提出一组成对的概念："积极的苦痛"和"消极的苦痛"。所谓"积极的苦痛"，比如，你一直努力上进，累死累活，但领导不赏识你，同事忌恨你，家人不理解你。所谓"消极的苦痛"，比如，你担任了一个闲职，薪水很高，衣食无忧，但领导什么事都不派给你做，你每天只能混吃等死。在王国维看来，虽然积极的苦痛很苦很痛，但因为你的心一直在剧烈运动，非常顺应心的天性，所以苦痛中包含着快乐的元素；而消极的苦痛违背了心的运动天性，所以其中并不包含快乐的元素。从这个观点来看，消极的苦痛比积极的苦痛更让人难以承受。人们为了解除消极的苦痛，用了各种办法。这些办法统称为"消遣"，由此产生了一切嗜好。

简言之，人有嗜好是出于消遣的目的，人要消遣是为了解除消极的苦痛。

人心的活动多种多样，食欲和性欲是人心最基本的两大欲望，时时都要得到满足。但要满足食欲和性欲并不容易，必须付出很多辛苦才行。这种辛苦，我们称为"工作"。工作就是一种积极的苦痛。人在工作之余总有闲暇时间，生活越优裕，闲暇也就越多。闲暇一多，人就百无聊赖了。这时候，虽然积极的苦痛没有了，但消极的苦痛接踵而至。该怎样消除这种苦痛呢？清朝有一位词人叫项鸿祚，给自己的词集作序，其中有一句名言："不为无益之事，何以遣有涯之生。"这句名言特别适合用来给王国维的文章作脚注。所谓"无益之事"，也就是不在自己工作范畴的事、不能让自己升职加薪的事，也就是王国维所谓的"嗜好"。这些"无益之事"或者"嗜好"在项鸿祚的生活里恰恰就是填词。而在王国维看来，人的嗜好无论多高雅或多庸俗，在解除消极的苦痛这一点上是可以等量齐观的。

下一步的推理是，正因为嗜好的作用在于解除消极的苦痛，所以嗜好和生活并没有直接关系，但是——一个很关键的转折——如果说嗜好和"生活之欲"没有关系，就大错特错了。

"生活之欲"又是一个重要概念，来自叔本华的哲学，简言之就是盲目地想要活下去并且多生多养的冲动。叔本华是19世纪的人，那时候还没有基因的概念，也不会有生物学家站出来宣称人的本质就是被基因操纵的傀儡。叔本华在其他哲学家还在追寻人生意义的时候认识到生活本就没有意义，不过是受盲目冲动的驱策，这算是很高明却很招人厌的见解。为什么说嗜好和生活无关，但和"生活之欲"有很大关系呢？因为当"生活之欲"使人们战胜了大自然，求得了生存之后，就变身成"势力之欲"，每个人都想让自己的物质生活和精神生活超过别人。简言之，生活之欲就是"要活"，势力之欲就是"要赢"。

这是文章中出现的第二组成对的概念：生活之欲和势力之欲。在王国维的时代，很多词语都和现代汉语里的含义不同，这里所谓的"势力"，对应的是英文的"power"，既泛指力量，也特指权力，总之，是一种支配性的力。培根的名言"知识就是力量"，这个"力量"

在原文里就是"power",王国维引述培根这句名言的时候翻译成了"知识即势力也"。

人的一生,所作所为不是受"生活之欲"的驱策就是受"势力之欲"的驱策。为了生活而活动,这叫工作,而当"势力"没有被工作消耗完,需要宣泄出来的时候,人不是为了生活而活动,而是为了活动而活动,这种活动就叫"嗜好"。工作和嗜好,是文章中第三组成对的概念。

《人间嗜好之研究》之二

(1) 下棋和竞标

现在请你想想，抽烟、喝酒这些嗜好，是为了解除积极的苦痛还是为了解除消极的苦痛？下棋和竞标，哪个更能体现出人的极端利己主义？

第一个问题很容易回答，抽烟、喝酒主要是为了解乏，缓解精神压力，缓解的极致就是自我麻醉，所以越是穷困潦倒、对生活彻底失去希望的人，积极的苦痛就越大，因此就越容易酗酒。英国古典小说中描写底层劳动人民时，经常会塑造一些很可怕的酗酒者。你可以看一下贺加斯的版画名作《金酒小巷》，酒的力量何等让人触目惊心。

再看第二个问题。下棋不同于赌博，只有输赢，并不存在实际利益的得失，看起来是一种云淡风轻的高雅爱好。所以，琴、棋、书、画四大才艺可以并称，而今天很多家长送孩子去参加围棋班，主要是为了陶冶性情，并不指望孩子真能学成职业棋手，然后靠这门手艺去谋生。

这里顺带讲讲下棋。三国年间，东吴很流行下围棋，高手的棋局还被汇编成集，称为"吴图"。唐朝诗人杜牧写过一首绝句送给某位围棋国手：

绝艺如君天下少，闲人似我世间无。

别后竹窗风雪夜，一灯明暗覆吴图。

意思是，论下棋你第一，论清闲我第一，我们分别之后我没事做，到了夜里还在复盘研究。下围棋就是这样一种很耗费时间和精力的事情，所以，东吴太子孙和早就看不惯了，请韦曜写了一篇《博弈论》，告诫人们下棋有害无益。

这个"博弈论"并不是今天社会科学中的"对策论"（亦称博弈论）。这里所谓的"博弈"就是下棋。韦曜的《博弈论》文采斐然，所以后来被我们已经很熟悉的《昭明文选》收录了。文章的大意是：下棋纯属白费力气，好不容易赢了，却得不到任何实际利益，如果把下棋的时间和精力拿来做正事，早就建功立业、升官发财了；下棋要用尽阴谋诡计，有违忠信之道，下棋的专业术语尽是"劫杀"一类的，有违仁爱之道。

如果我们用王国维的观点来理解韦曜，那么《博弈论》的主张就是教人减少"嗜好"，增加"工作"。

至于竞标，这可是赤裸裸的金钱博弈，必须全力以赴，压倒所有竞争对手，还要时刻权衡成本，生怕赔本赚吆喝。下棋和竞标，一个大雅，一个大俗。人们怎么区分雅与俗呢？最简单的方式就是看它们和钱的关系：雅和钱的关系很浅，俗和钱的关系很深。如果问下棋和竞标哪个更能体现出极端利己主义，我相信很多人都会把票投给后者。但是，王国维给出了相反的意见。他的逻辑是这样的：首先，人生就是不断的竞争，那么，当竞争的"势力"在实际生活中无从施展的时候，或者在竞争中已经处于稳稳获胜的局面的时候，剩余的"势力"必须寻找其他的发泄渠道。上一节讲过，"势力"这个词对应的是英文里的"power"。王国维的时代正是《天演论》风靡中国的时代，所以，王国维的美学观点里有《天演论》的深刻烙印，把"物竞天择"作为逻辑推理的大前提来用。棋盘的小世界就是竞争的大世界的抽象体现，供人发泄过剩的竞争欲。

这里出现了全文第四组成对的概念：具体的竞争和抽象的竞争。

实际生活属于具体的竞争，你争我抢，每件事都有某个实际的目标和实际的好处，竞标就属于这种竞争。下棋属于抽象的竞争，除非押上赌注，否则赢了也不会赢得什么，输了也不会输掉什么，一切攻杀战守都被棋子抽象化了，围杀不会流血，突围不必动刀。而正是因为这样的抽象化，正因为不会造成任何实质性的伤害，下棋的人才会肆无忌惮地表现自己的竞争本能，全不顾仁义道德，只求利益最大化，不择手段置对手于死地。其实这正是韦曜《博弈论》的第二点意思，但王国维的分析显然深刻得多，最后论证出人类极端的利己主义在棋盘上展露无遗。实际生活中的竞争虽然本质上和下棋一样，但总有各种顾忌和伪装，很少会有像下棋这样光明磊落、肆无忌惮的厮杀。

接下来，王国维又把"博"和"弈"拆开来谈。"博"是赌博，"弈"是下棋。赌博有很大的运气成分，所以，赌博的胜负是由人力和运气共同决定的，而下棋的胜负全凭人力，所谓"棋高一着，束手束脚"。仅就人力而言，赌博是悟性的竞争，下棋是理性的竞争——这是第五组成对的概念。长于悟性的人更喜欢赌博，长于理性的人更喜欢下棋。嗜好赌博的人有三个性格特点，分别是机警、脆弱、依赖。嗜好下棋的人也有三个性格特点，分别是谨慎、坚忍、独立。如果举生活中的例子，那么投机暴发的人属于前者，勤俭致富的人属于后者。每个人都会沿着自己的性格倾向发展，务求在竞争中获胜。

（2）炫耀性消费

再看一个问题：我们会喜欢住豪宅、开豪车和穿名牌服装，这到底是为什么呢？

如果说人们都想要追求更高品质的生活，这是可以理解的，但各种高端品牌推出的限量版有什么价值呢？在王国维看来，高端商品的价值可以分为两类：满足实用性需求的部分属于生活之欲，满足炫耀性需求的属于势力之欲。这对概念是上一节讲过的，我们在这里再简单温习一下：生活之欲就是"要活"，势力之欲就是"要赢"。在经济学领域，首创"炫耀性消费"这个概念的是凡勃伦，他在自己的名著《有闲阶级论》中提出了这个概念，核心内容一言以蔽之就是，人不仅要活，还要赢，"要赢"的欲望催生出很多既昂贵又没用甚至会给人添堵的商品。王国维没读过《有闲阶级论》，但他敏锐地看到了炫耀性消费的本质。既然炫耀性消费来自人心深处天生的势力之欲，那就意味着这种冲动就像食欲和性欲一样很难被理性克制。知足常乐的哲学理念虽然可以在弱者中流行，可以在受挫的时候慰藉心灵，但"有效"毕竟不等于"事实"。

越是占有稀缺资源的人，就越容易在炫耀性消费上获得满足。人在比较弱小的时候，最常有的心态就是"别人有的我不能没有"，言下之意是"我不能被别人落下"；而人在变强之后，最常有的心态就是"别人都有的我不要"，言下之意是"我必须保持优越感，不能让自己降低到那些人的层次"。在我看来，人的这种心理特质是经济学最基础的一条公理。从这条公理出发，我们可以轻易推导出商品的价值从何而来——它一定不是来自所谓的必要劳动时间，而只能来自人们的主观感受，也就是说，所谓价值，一定只能是主观的，绝不可能有什么客观标准；我们还可以推导出商品价格只能由供求关系决定，和成本、技术等没有直接关系；还可以推导出即便在物质资源无限丰富的社会里，人依旧不会满足，竞争依旧不会消失，依旧会有很多商品贵得让多数人买不起，那时，经济学原理依旧可以解释社会现象。当然，以上这些话都是我讲的，王国维并没有把"势力之欲"往经济学上延伸。他讲炫耀，有一句话的归纳："一言以蔽之，炫其势力之胜于他人而已矣。"

　　王国维下一步的推理看上去很新奇，他说普通人欣赏戏剧的嗜好也是由势力之欲而来的。我们当然很清楚，买各种高级限量版是为了炫耀，也很清楚，只有富人才有这种炫耀的能力，但普通人爱看戏，这和炫耀有什么关系？

《人间嗜好之研究》之三

(1) 势力之发表

　　戏剧一般分为喜剧和悲剧两种,我们先谈谈喜剧。看喜剧时人为什么会笑,因为剧中的角色经常做一些愚蠢可笑的事。这样的笑,从本质上来看,用王国维的原话说就是"势力之发表"。这里的"发表"不是"发表文章"的"发表",而是"表达""呈现"的意思。而"势力",我们再来温习一遍,它对应的英文是"power","势力之欲"是想赢的冲动,要让自己比别人强。

　　所谓"势力之发表"——一个很重要的美学命题,它意味着戏剧的本质性的功能就是让人彰显优越感。我们之所以在看喜剧的时候放肆地笑话剧中人,那是因为我们很清楚自己比对方强。但是,如果在现实生活中有人做了同样的蠢事,我们还会哈哈大笑吗?一般来说,除非对方是我们很要好的朋友,或者地位远在我们之下,我们才敢笑出声来,否则只能忍着,在心里偷笑。喜剧呈现给我们的不是真实的生活,而是虚构的故事,所以不仅使人想笑,而且使人敢笑。

　　悲剧也是一样的,而到底什么是悲剧呢?王国维的看法和佛陀一样:人生就是悲剧。他还引述了一段霍雷士的名言:

> 人生者，自观之者言之，则为一喜剧；自感之者言之，则又为一悲剧也。

这位霍雷士，按照今天的译名规则应该叫作荷勒斯·沃波尔，是18世纪的英国文学家，更重要的是，他其实是一位大贵族，从没过过一天苦日子。所以他说这番话还真不是自伤自怜，而是因为有一种悲天悯人的情怀。换一种方式来说，生活到底是可悲的还是可笑的，完全取决于你的视角：当你以当局者的姿态去感受生活，会发现生活是悲剧；当你置身事外，冷眼旁观，原先的悲剧就变成了喜剧。当我们在人生这幕悲剧里挣扎的时候，常常都要打落牙齿吞进肚里，不会像舞台上的悲剧主人公那样声情并茂地用大段独白来诉说悲苦，因为即便你真的这样做了，也不会有人来同情你、帮助你，你只是徒劳地示弱罢了。我们当然知道，在舞台上的悲剧里，那些角色是毫无"势力"可言的，但是，敢于倾诉悲伤和不敢倾诉悲伤，这两者中，显然前者的"势力"更强。于是，在生活中饱受压抑的"势力"会借着看戏而被宣泄出来。就算是毫无艺术鉴赏力的人，也会在悲剧里得到一种"势力之快乐"。普通人爱看戏，就是因为这个缘故。

今天已经很少有人看戏了，电影取代了戏剧的地位。但是，无论是电影还是戏剧，在本质上并没有差别。我们去电影院，看喜剧看得哈哈大笑，在各种倒霉蛋的表现中找回了优越感，自信的指标回升；看悲剧看得潸然泪下，把压抑已久的情绪尽情释放出来。我再补充一点：我们会发现一个规律，那就是喜剧中的角色常常是小人物，悲剧中的角色常常是大人物，比如，我们看周星驰的喜剧，都是以小人物为主角，其实颠倒过来也许效果更好，就像果戈理的《钦差大臣》里，位高权重的官僚们和养尊处优的贵妇们做尽荒唐的蠢事，按说这比以小人物为主角的喜剧更能激发观众的优越感才对。奥妙何在，你可以琢磨一下。

（2）真情实感的美学含义

王国维进一步推理：那些最高雅的嗜好，也就是文学艺术，同样是"势力之发表"。他借用德国诗人席勒的"游戏说"，认为，正如儿童把剩余的"势力"用在游戏上，成年人把剩余的"势力"用在文学艺术这些"精神的游戏"上。而且，人的很多思想感情在实际生活里都无法向别人表达，却可以在文学作品中表达出来。为什么会这样呢？因为在文学作品中，真实的人际关系被打破了，人就可以肆无忌惮地去做"势力之发表"了。

这个道理和前面讲过的下棋的道理有了呼应。下棋就是"游戏"，同时也是竞争的抽象形式，任凭双方在棋盘上如何你争我夺、钩心斗角，都不会产生实际的收益和损害，所以下棋的人可以堂而皇之地"当场不让步，举手不留情"，全不用管真实世界里各种伦理和道德的约束。当你明白了这个道理，就容易懂得为什么《人间词话》里特别强调文艺作品的真诚。

入选《昭明文选》的《古诗十九首》中有两段很真诚的诗句，一段是"昔为倡家女，今为荡子妇。荡子行不归，空床难独守"，另一段是"何不策高足，先据要路津？无为守穷贱，轗（kǎn）轲长苦辛"。前一段是说一名嫁为人妇的歌女因为丈夫离家远行，迟迟不归，一个人耐不住春闺的寂寞；后一段是感叹人生太短促，认为做人就应该勇往直前地争权夺利，抓紧时间多捞好处，不给别人留机会，千万不能穷困潦倒地过一辈子。

这样两段诗，一个主人公要出轨，另一个主人公标榜功利主义，即便在今天的宽容环境里，这样的思想也显得有些龌龊。《人间词话》里提到了这两段诗，说它们"可谓淫鄙之尤"，也就是说，前者是淫荡的极致，后者是卑鄙的巅峰。照理说，这样的诗应该被正人君子深恶痛绝才是，但王国维又说"然无视为淫词、鄙词者，以其真也"，因为诗歌写得真诚，写得发自肺腑，所以读者并不以淫词、鄙词视之。

现在你可以明白王国维为什么会产生这种很偏激的观点。是的，文艺创作既然是"精神的游戏"，玩游戏时必须要放飞自我，率性而为。一个人如果连玩游戏都放不开手脚，这样的游戏肯定没有看头。

在不了解王国维的学术根底的时候，读到《人间词话》中标榜真诚的内容，很容易就会按常识来理解。我们都知道文艺创作要有真情实感，不能无病呻吟，否则就很难打动读者。但这样的理解是从"效果"而言的，而王国维讲的真情实感是从美学原理而言的，背后有一整套西方学术的基础。无论他的观点是对是错，至少都不是简单的、常识化的。讲了三节才把《人间词话》里"真"这个概念的含义一步步推导出来。

那么，当我们读到表达真情实感的好诗时，会被感动，这是为什么呢？《人间嗜好之研究》是这样推演的：真正的大诗人"势力"太强，仅仅抒发个人情感的话会很不过瘾，他们会进一步想要抒发全人类的感情，所以他们的创作是为全人类代言，而别人读到这些作品时，会觉得自己的"势力"被激发出来，不能自已。所以，无论是创作还是鉴赏，同样以"势力之欲"为基础。不仅文学如此，艺术、哲学、科学同样如此，而归根结底，都是为了满足人心对运动的欲求，排解空虚感。所以，一切嗜好，虽然有雅俗之别，但来源都是"势力之欲"，作用都是排解空虚感这种"消极的苦痛"。

现在我们可以看看《人间词话》中的一段内容："自然中之物，互相关系，互相限制。然其写之于文学及美术中也，必遗其关系、限制之处，故虽写实家，亦理想家也。"原文里的"美术"不是今天意义上的"美术"，而是"艺术"。从字面上来理解，王国维是说现实生活中人和事都是互相关联和限制的，而一旦把现实写进文艺作品，就一定要甩开那些关系和限制，所以，现实主义就是理想主义。

借李白的"故人西辞黄鹤楼"
谈王国维"遗其关系、限制之处"的美学观点

(1) 实景和地图

为什么文艺创作要甩开现实生活中人和事的关系和限制？

王国维的这个观点乍看有点荒唐。我们可以先看一首李白的诗：

> 故人西辞黄鹤楼，烟花三月下扬州。
> 孤帆远影碧空尽，唯见长江天际流。

这首诗是李白写来送别"故人"的，送别的时间是在"烟花三月"，地点是"黄鹤楼"，"故人"旅途的目的地是扬州，似乎一切关系和限制都很清晰，甚至连这位故人姓甚名谁都在诗歌的题目里交代了：《黄鹤楼送孟浩然之广陵》。但仔细看看，确实还有很多关系和限制没有交代，比如，李白和孟浩然这时候到底是什么关系，是单纯的朋友关系，还是有什么业务往来？孟浩然为什么要去扬州？是去旅游、探亲，还是去谋差事？孟浩然为什么要坐船走？船票是不是李白给他买的，船老大有没有给李白打折？

所以，在这首只有二十八个字的七言绝句里，李白有意识地拣选了一些关系和限制，舍弃了更多的关系和限制。被舍弃的都是不重要的，李白不关心孟浩然去扬州到底做什么，也不关心船票的折扣，关心的只有送别时候的依依不舍之情。这样看来，写诗就像画地图。1∶1原貌再现的地图是没有意义的，必须大刀阔斧地做取舍。如果要画一幅美食地图，那就重点标明各个餐厅的方位和交通路线，不用画医院、学校、工厂，否则只会添乱。那么，各个餐厅的方位和交通路线难道就不是"关系和限制"吗？

当然也是，所以对王国维的这个观点，有一种很典型的批评意见，大意是说，所谓现实生活，就是有无数的事物运行在时空中，彼此关联，结成了一张大网。文艺创作者既不可能也不应该完整描绘这张大网，正如绘图家既不可能也不应该画一张1∶1的地图。文艺创作者要做的，是去描绘这张大网上最重要的一些点和线，一旦提起这些点和线，整张大网就能被提起来。而王国维想要舍弃的"关系和限制"恰恰集中在这些点和线上，他并不明白创作者只有深刻理解了这些点和线所包含的种种关系和限制才能创作出优秀的文艺作品。

我们从这个批评意见出发，重新来看李白那首诗，就会发现李白提炼出来的点和线就是记叙文六要素中的时间、地点、人物，但没有起因、经过、结尾。他想表达的是离别的情谊，想记住的是离别的场景，所以，只要把时间、地点、人物写进去，再用主观感受这面滤镜把时间、地点、人物渲染一遍，做一次美颜处理，就足够了。

美颜处理是怎样完成的呢？很巧妙。我们先看第一句"故人西辞黄鹤楼"，你可以琢磨一下，它和"故人西辞驻马店"有什么区别呢？两句诗同样描写某人离开某地，区别就在于，前者偷偷加了美颜滤镜，后者没加。"故人西辞驻马店"只是单纯交代出某人离开某地，即便换成"故人西辞武昌城"，意思没变，但也只是单纯交代出某人离开某地而已,而"故人西辞黄鹤楼"用到了"黄鹤楼"这个文化语码,使故人在此时此地的离开和当年仙人骑着黄鹤从这里离开的意象重叠起来,把故人的形象渲染出浓浓的仙气。

再看第二句"烟花三月下扬州",你还可以琢磨一下,它和"烟花三月下杭州"有什么区别?扬州和杭州,都是南国佳丽之地,完全可以相提并论、分庭抗礼,杭州也同样称得上"烟花三月"。区别就在于,李白又一次暗中用了典故,"下扬州"三个字就是一个文学语码,来自南北朝时期的一则故事。故事说的是几个人各谈各的志向,有人说想做扬州刺史,有人说想发财,有人说想骑着仙鹤成仙,最后一个人说:"我想'腰缠十万贯,骑鹤下扬州'。"把前面三个人的志向一举囊括了。所以,李白说"下扬州",你只要注意到这个"下"字,就该知道它是来自"腰缠十万贯,骑鹤下扬州",而"骑鹤"这个没被说出来却暗含着的意象,恰好和前一句里同样没说出来却暗含着的仙人骑着黄鹤远去的意象完美呼应。

接下来,"孤帆远影碧空尽,唯见长江天际流",看上去只是单纯写景,其实用王国维的话说,"一切景语皆情语",写景其实就是言情,是含蓄地言情。李白目送载着孟浩然的小船越来越远,一直远到看不见,只看到长江流向天际。这并不只是摆一场告别宴,吃完喝完就各回各家。

我再顺便讲一个知识点:同样的诗还有另一种写法,不是从送行人的角度来写,而是从出行人的角度来写。我们还拿这首诗举例,最后两句李白可以不从自己的视角来写"孤帆远影碧空尽,唯见长江天际流",而是想象孟浩然在船上一直看向自己,直到看不见。

就这样,李白抓住了最重要的点和线,用主观情感这面美颜滤镜渲染了一番,效果是怎样的呢?我们会发现,最终的效果就是,李白非但没有舍弃关系和限制,反而强化了自己和孟浩然之间的"关系",也强化了他们想要聚首却被迫离别的"限制"。那么,王国维会做出怎样的反驳呢?

(2) 从具体到抽象

如果你已经掌握了前面三节讲过的内容,就应该有把握替王国维做反驳了。首先,在现实生活中,李白和孟浩然的关系是很具体的,不仅如此,现实生活中的一切关系都是很具体的。比如,你和同事正在竞聘一个肥缺,你太想赢了,因为一旦赢了,你在公司里就可以呼风唤雨、颐指气使,收入还会提高十倍,每个好处都是很具体、很实际的。怎么才能确保自己获胜呢?积极备战当然是一方面,但另一方面,你巴不得对手犯错。你也许想过设一个局来挑拨他和领导的关系,或者雇几个流氓欺负他家小孩,搞得他家宅不宁、心烦意乱。但这些念头在你脑海里一闪而过,很快就被你的良知扼杀在摇篮里了。你生活在一个庞大的社会关系网里,受到良知、情感、道德、法律等各种限制,做事不能不择手段。但在你下棋的时候,棋盘上只有运子的规则,没有社会关系网,良知、情感、道德、法律都限制不了你,你就可以不择手段、设局下套,占优势的时候也大可不必维持风度,"宜将剩勇追穷寇,不可沽名学霸王"。现实生活中的竞争是具体的,棋盘上的竞争是抽象的。因为具体,所以摆脱不了功利性,所以束手束脚。因为抽象,所以无关功利性,所以任性而为。而文艺创作本质上和下棋一样,是把具体变成抽象,把功利变成非功利,把顾忌变成任性。怎么变?就是"遗其关系、限制之处"。

只有"遗其关系、限制之处",才能突破具象世界,进入抽象世界。那么我们再来看李白那首诗,它的内容难道不是具象的吗?是的,时间、地点、人物，每个要素明明都是很具体的，但是，李白和孟浩然在现实生活中的关系远比诗里写到的复杂，而各种复杂、具体、实际的关系和限制被高度简化，只留下很抽象的离别之情。为什么会有这样深厚的离情呢？背后一定有很多具体的事，但诗里全然不提，仅仅渲染故人的风度和自己的不舍。而诗作一经写出，"故人"不必是孟浩然，眺望孤帆远影的不必是李白，时间不必是烟花三月，地点更不必是武昌和扬州。这就意味着，诗里强化的是抽象的朋友"关系"，而不是李白和孟浩然之间的"特定关系"；强化的是想要聚首却被迫离别的"限制"，而不是李白和孟浩然在三月份的长江边上的"特定限制"。任何人在任何离别场景里都可以对这首诗感同身受，一个抽象的东西可以被套进无数个具体的情境。

实用和审美背道而驰

（1）抽象的音乐

李白这首《黄鹤楼送孟浩然之广陵》真的符合"遗其关系、限制之处"吗？在所有的文艺形式里，把"遗其关系、限制之处"做到极致的是哪一种？人为什么喜欢旅游？

先看第一个问题。如果你已经领会了《人间嗜好之研究》的逻辑脉络，就会发现要回答这个问题还缺少一个必要条件，那就是李白写这首诗的目的。如果他把孟浩然送走后，怀着怅惘的心情远眺地平线，悲从中来，不可断绝，然后写下了这首诗，那么，这首诗就可以看作作者在无拘无束地宣泄个人情感，也就做到了"遗其关系、限制之处"。但是，如果李白只是出于社交的目的，在送别孟浩然的时候觉得照规矩自己应该写一首诗，或者他想和孟浩然攀攀交情，拉近关系，以后可以跟别人炫耀"孟浩然是我朋友"，那么这首诗就只是一件社交工具，非但没有"遗其关系、限制之处"，反而强化了现实生活中的关系和限制，只因为李白的才华太高，才让这件工具在实用意义之外具备了审美价值。

我在前面讲过，古人写诗填词、吟诗作对，其实多数情况下都是在为社交服务，大家也不觉得这有什么不好的。但王国维特别厌恶社交性质的诗词，因为社交注定需要伪装，如果有个朋友得意扬扬地把自家的小"衙内"介绍给你，你一定不会诚实地说他讨厌。伪装在社会生活中是必不可少的，却是文艺创作中绝不能有的。你应该还记得，文艺创作属于"精神的游戏"，而玩游戏就必须放飞自我，率性而为，把"真"发挥到极致。

那么，当我们要判断李白这首《黄鹤楼送孟浩然之广陵》到底是真还是伪，有没有"遗其关系、限制之处"，难道还必须先要搞清这首诗的创作背景和李白的心路历程吗？按照王国维的逻辑推演下来，答案应该是肯定的。你一定会觉得这是在强人所难，没关系，慢慢习惯就好，因为在文艺理论中常常会出现这种情况，你只要理解理论家的用心就好，对逻辑的严密性和理论的可行性不必太苛求。

"遗其关系、限制之处"还有更深一层的美学含义，这要等讲完柏拉图、康德和叔本华之后才能讲清楚，现在先按下不表，再看第二个问题：在所有的文艺形式里，把"遗其关系、限制之处"做到极致的是哪一种？答案是音乐，但歌曲不算。纯音乐从本质上来说是一种数学结构，而我们知道数学是最抽象的。一个苹果加一个苹果等于两个苹果，这是具体的，但一加一等于二就是抽象的。宇宙中并不存在一和二，只有一个和两个具体的东西，一和二是被我们的认知能力抽象出来的符号。任何一种乐器发出来的声音都是某种特定的频率，频率是数学结构，而旋律、和声同样也是数学结构。德国数学家莱布尼茨，在数学上同牛顿并称为微积分的创始人，他有一个乍看很离奇的观点，认为人在听音乐的时候其实是在做一种下意识的、不自觉的算术练习。莱布尼茨同时还是一位哲学家，他的哲学观点很大程度上就是从他的数学观点发展来的。但我们现在要谈的不是莱布尼茨，而是莱布尼茨的反对派——德国哲学家叔本华。

我在前边讲过，王国维生活在一个"中学为体，西学为用"的时代，但他很反感这样的观点，认为学习西方的先进文化就应该从"地基"学起，不该扔开"地基"，把"天花板"直接拿过来"嫁接"在"中式房梁"上。当时有些人持有类似的看法，认为政治、法律才是科技文明的地基，但王国维走得更远，认为在政治和法律之下还有更深层的地基，那就是哲学。所以，他花了很多的精力去啃康德、叔本华等人的书，《人间词话》的底子有一半都是由这些西方哲学家打造出来的。

（2）熟悉与陌生

叔本华的哲学经典叫作《作为意志和表象的世界》，具体内容稍后再讲，现在我们只谈这部书里对所有艺术形式从低到高做的排序，位于顶点的是悲剧，但是，音乐独立于这套排序系统之外，因为相较于其他艺术形式，音乐有着本质上的不同。在叔本华的哲学观点里，世界的本质是意志，意志透过理念形成表象，其他艺术形式都是对理念的模仿，而音乐跨过了理念，直接反映意志本身。这就意味着，音乐和理念处于同一级别，而其他艺术形式既然都是对理念的模仿，级别自然就比理念和音乐更低。如果你没有深入读过叔本华的哲学，那么对这几句话一定理解不了。没关系，叔本华的哲学我稍后会慢慢解释，现在你只需要知道，在这套哲学体系里，世界的本质和人的本质都是非理性的盲目冲动，而音乐最直接地表现出这种非理性的盲目冲动，理性和概念在音乐创作中都不存在。用叔本华的原话说："作曲家在他的理性所不懂的一种语言中启示着世界最内在的本质，表现着最深刻的智慧，正如一个受催眠的夜游妇人讲出一些事情，在她清醒时对这些事情一无所知一样。"

当然，叔本华的观点未必就对，在他对音乐的认知里肯定不包括天怒人怨的广场舞音乐，但重要的是，王国维曾经很吃他这一套。你还可以想到，音乐既然是所有艺术形式中最抽象的一种，也就意味着它并不传达任何实际的、确定性的内容。我们听《命运交响曲》的开头，你既可以理解为"命运在敲门"，也可以理解为"魔鬼在敲门"，更可以不做任何具象的理解，而是直接感受音符的律动。但如果你在读一首诗，读到"故人西辞黄鹤楼"，那就一定存在一位故人，也一定存在一座黄鹤楼，而"故人"这个词明确表达出作者和他的"关系"——他们一定是朋友，而不是仇人。关系越多，限制就越多，读者的理解限制就越多。语言艺术需要借助具体的形象才能唤起读者的共鸣，但如果读者和作者的阅历有太大的悬殊，共鸣就不容易产生，而语言本身又是高度地域化的，一首让维多利亚时代的英国贵族感动到潸然泪下的诗，拿到21世纪的印度农村里，就只会被人嫌弃。而音乐不一样，它是所有时代所有人与生俱来的母语。"交响乐之父"海顿当初决定远赴英国，莫扎特担心他不懂英语，海顿的回答是："我讲的语言，全世界都能听懂。"

所以艺术史上还有一个经典命题，那就是，音乐是完美的艺术形式，其他艺术形式都归向音乐。音乐是由旋律、节奏、和声等要素构成的，只有纯粹的声音而没有任何具体的"内容"，是一种纯粹的形式美。我们被音乐打动从来不是被音乐的"内容"打动，而仅仅是被它的"形式美"打动。内容是具象的，所以是暂时的；形式是抽象的，所以是永恒的。诗歌、绘画不外如是，内容的因素越少，形式美的因素就越多，也就越像音乐，因而就是一种更高级的艺术。而"内容的因素越少"，其实恰恰就是"关系"和"限制"越少。

这个问题还可以反过来看，就是人为什么喜欢旅游。

当你还没有出发的时候，走在熟悉的街道上，你看到的许多东西对你来说都有功能性的意义，你知道哪条路是通往公司的、哪条路是回家的，左边有一家餐厅，你常去吃饭，右边是一座公交站，你每天要在那里等车。熟悉感总会为你营造出功能性的联想，你看到的每个东西，你都知道它是"用来做什么"的,也知道它"不能用来做什么"。"用来做什么"就是"关系","不能用来做什么"就是"限制"。而当你来到一座陌生的城市,走在陌生的街道上,陌生感会解除关系和限制,你不知道哪条路通往何方,也不知道推开一扇门会看到什么。当功能性的联想消失之后,审美的快感就会产生。所谓"距离产生美",在美学上的解释就是这样的。恋爱也是同样的道理,当一对恋人彼此熟悉了,很多功能性的联想也就自然而然地发生了,随着恋人工具性的意义越来越多,审美性的意义就越来越少。保持亲密关系的第一个经典方法就是不断给对方制造惊喜,包括改变造型;第二个经典方法是不要把双方的社交圈混在一起,这样做的用意其实就是制造陌生感。而文艺创作不要工具意义,只要审美意义,所以越能"遗其关系、限制之处",创作得也就越好。

※ 第二章

《人间词话》的哲学基础（二）

叔本华《作为意志和表象的世界》与摩耶之幕

（1）叔本华哲学的三大基础

前一章讲到《人间词话》的一段原文："自然中之物，互相关系，互相限制。然其写之于文学及美术中也，必遗其关系、限制之处，故虽写实家，亦理想家也。"为什么说"写实家"和"理想家"是一回事呢？"理想"这个词有什么特殊的含义吗？

如果按照今天最主流的文学分类法，"写实家"和"理想家"很容易被我们理解为现实主义者和浪漫主义者，那么"理想"看来就是浪漫主义了。但是，这是错的。王国维提到的概念需要追溯到叔本华那里。叔本华的哲学思想和美学思想对王国维的影响很大，除了《人间词话》中常常出现叔本华的思想观点的影子，后面要讲的王国维的另一部名著《红楼梦评论》更是赤裸裸的叔本华作品的中国版，所以今天我们应该讲讲叔本华和他的《作为意志和表象的世界》。

但是，我们又会遇到一个麻烦，因为叔本华在他这部名著的首版序言里对读者提出了很高的要求。首先，这部书好比一个有机体，整体蕴含着每个部分，每个部分也蕴含着整体，如果不理解整体，就不能理解任何最细微的局部。所以，除了认真把全书读上两遍，别无良策。但你以为只要耐着性子读两遍就够了吗？不，远远不够，在正式开始阅读之前，还需要做好四项准备工作：①要把叔本华的博士论文啃下来，论文题目很吓人，叫作《充分根据律的四重根》；②要熟悉康德的主要著作；③了解柏拉图的哲学；④读过古印度的《奥义书》，理解婆罗门的宗教思想。只要做好这四项准备，就能够来读这部《作为意志和表象的世界》了。

这四项准备工作我自己倒是做好了，按说可以简明扼要地讲给你听，但是，叔本华在第二版序言里特别强调："要理解康德，单靠一些走马观花式的粗心阅读或听自第二手的报告是不够的……如果有人还以为他可以通过别人关于康德哲学的论述来了解康德哲学，那么，他就会陷于一种不可挽救的错误。"

我们至少可以从以上这些信息中了解两件事：①柏拉图、婆罗门和康德是叔本华哲学的三大基础；②叔本华的书恐怕不会有多少读者。

第一点是完全正确的，至于第二点，只对了一半。《作为意志和表象的世界》首次出版于1818年，只卖出了一百四十册，当时没有激起任何反响。但这并不全是因为它的阅读门槛太高，事实上，和叔本华同时代的黑格尔，他的几大名著同样很难读，但在当时的德国受到了从学界到民间的热情追捧。叔本华看在眼里，恨在心上，只要一有机会就恶毒攻击黑格尔。他还怀着骑士决斗的精神跑到黑格尔执教的柏林大学，把自己的哲学课安排在黑格尔的授课时间，结果黑格尔那边门庭若市，连窗口前都挤满了学生；叔本华这边，偌大的课堂里从来都是空空荡荡的，来听课的人从没超过三个。虽然叔本华是一个靠丰厚遗产过活的"富二代"，生活质量比黑格尔高出好几个档次，但是，借用我们前一章讲过的概念，"生活之欲"的满足并不能够弥补"势力之欲"的缺失。

当然，如此天差地别的遭遇并不能说明黑格尔比叔本华更高明。黑格尔高扬的理性主义大旗只不过恰恰迎合了乐观进取的时代风尚，更何况他的哲学特别能够激发德国人的民族自尊心，而叔本华宣扬非理性和悲观主义，把"饿死"当作真正富于哲学意义的人生目标，即便放在今天，这种思想也一定会被主流价值观当作大毒草来批判的。直到三十多年之后，社会变了，德国乱了，人们对理性的自信减弱了，在扭转世界失败之后，只能扭转内心了，叔本华的著作这才大放异彩。从这个角度来看，叔本华很像庄子，在乐观进取的世界里总被抛诸脑后，在悲观失望的世界里成为心灵港湾，至于内容本身是否站得住脚，从来只有极少数对知识抱有最纯粹的好奇心的人才会在意。

（2）摩耶之幕

接下来，虽然简单概述一定会招致叔本华的不满，但我还是有必要先来简单谈谈他那套哲学体系的三大基础。首先讲叔本华哲学里一个很重要的概念：摩耶之幕。简单讲，它就是一张超级巨大的、囊括天地的但普通人察觉不到的帷幕。

这个概念来自古印度的宗教经典，讲出了一个耸人听闻的真理：你以为山河大地、日月星辰都是真实存在的吗？那你就错了，你被骗了！其实我们看到的全部宇宙都只是婆楼那神施展出来的幻术，全是假的，一旦婆楼那神收回神通，宇宙就消失了。你也许很好奇，想知道婆楼那神为什么要骗我们，答案是：不为什么，人家只是自娱自乐。

这和我们今天熟悉的宗教观念很不一样。我们总会觉得在各种宗教里，上帝也好，神佛也好，他们总是爱我们、保佑我们的，帮我们渡过生活中的各种难关。但为什么宗教观念必须是积极的呢？不难想到，在危机四伏、生活格外艰辛的上古时代，把神明理解成坏的其实也是合情合理的。古老的诺斯替主义就有一种论调，说世界是由一个坏神创造出来的，《旧约》里叫他耶和华，所以，伊甸园里的那条蛇才是好心肠的，劝说夏娃不要被邪神蛊惑。

婆楼那神并不算坏，只是不太把人类当回事，用幻术制造出一张摩耶之幕来迷惑世人。绝大多数人都受骗了，在幻象里辛辛苦苦地讨生活。只有极少数人识破了幻术，希望能够唤醒浑浑噩噩的同胞们。是的，这些内容有一点鲁迅思想的感觉。如果你明白了这个道理，接下来该怎么改变人生呢？说起来也很简单，你需要打破幻境，直达本真，梵我合一。

那么，怎么才能打破幻境，直达本真，梵我合一呢？你应该想到，方法只有一个：禅定，也可以叫它打坐、冥想或者瑜伽。

现在你需要注意重点了：摩耶之幕给我们呈现出来的假象，也就是"表面现象"，简化来说就是"表象"。叔本华的《作为意志和表象的世界》，其中"表象的世界"就是这个意思，这样的世界是不真实的，由摩耶之幕幻化出来的世界。叔本华开宗明义的命题是："'世界是我的表象'：这是一个真理，是对于任何一个生活着和认识着的生物都有效的真理。"那么，为什么说世界是"我的"表象呢？因为我们认识到的世界，我们以为是真实存在着的万事万物，其实都是感官和大脑让我们这样以为的。我们不知道太阳和大地都是什么，只知道眼睛看到的太阳影像和手摸到的大地的触感。

这倒不是要否定物质的存在，而是说因为感官的限制，我们认识到的世界只能是被我们的感官加工处理过的世界，而不是真实的世界。你可以想象一下，如果我们没有视力、听力和触感，只有射电望远镜那样的接收电波的感知能力，我们认识到的世界就会截然不同。

休谟《人性论》之一:"无我"与心灵舞台

(1) 从牛顿到休谟

佛陀告诉过我们,我们通过眼、耳、鼻、舌、身、意分别去认识色、声、香、味、触、法,但是,我们的认知能力只凭眼、耳、鼻、舌、身、意吗?时间、空间和因果律会不会也只是我们的认知,而不是客观实在呢?

要回答这个问题,我们就要谈谈构成叔本华哲学三大基础之一的康德哲学,尤其是康德"三大批判"中的《纯粹理性批判》。而在讨论康德之前,我们还有必要看看18世纪英国哲学家休谟的一些观点。

休谟有一部哲学名著,题目是《人性论》(*A Treatise of Human Nature*),顾名思义,是探讨人性的论著。什么样的人才有资格探讨人性呢?至少应该是饱经沧桑、阅历丰富的人。但是,休谟在撰写《人性论》的时候只有二十几岁。他写这部书,并不是感叹世态炎凉、人情冷暖,而仅仅是关注一些很纯粹的、和人性有关的哲学问题。

我们读西方经典,首先要留意的就是书名,包括主书名和副书名。休谟的《人性论》就有一个很长的副书名,中译本直接删掉了,直译过来的话,就是"在精神科学中采用实验推理方法的一个尝试"(Being an Attempt to Introduce the Experimental Method of Reasoning into Moral Subjects）。顾名思义，全书的核心议题是道德问题，采用的方法是推理——具体来说，既有归纳法，又有演绎法，而追根溯源的话，都是来自牛顿的研究方法。

数学和自然科学对人文学科的影响之大是我已经多次讲过的，霍布斯的《利维坦》用几何证明题的论证方式来证明政治哲学的新奇观点。人文学科确实远不如数学和自然科学那样严谨，所以，人文学者总想借助后者的方法论，把自家的学术打造得更加结实一点。但是，很不幸，这样做的结果，往往既让作者难受，更让读者难受。休谟精心打造的这部《人性论》就是这样，出版之后几乎无声无息，连骂它的人都没有。休谟不服气，匿名写了一本小册子来介绍自己的大作，但还是没什么反响。痛定思痛之后，休谟索性把严肃性和学究气丢在一边，改用明白晓畅的文风把三卷本的《人性论》分别改写成三本书。努力通俗化，这已经是那个时代的人文学者所能做到的极致了，但是，反响依旧不是太好。

休谟在有生之年主要是以历史学家的身份赢得声誉的。他写的六卷本《英国史》大受欢迎。而他的哲学贡献很缓慢地开花结果，终于深刻影响了人文科学里的多个领域，尤其是让康德深深地怀疑人生，写出一部《纯粹理性批判》。

(2) 再谈"诸法无我"

《人性论》探讨人性，首先要有"人"，才有所谓的人性，但是，"人"到底存不存在呢？

全世界的"人"有那么多，先不管别人，先来确认一下"我"到底存不存在好了。

多么亲切的话题啊，我们竟然又回到了"诸法无我"的世界，但这回提出探讨这个话题的不是古老的东方教主佛陀，而是近代的西方哲人休谟。

休谟的哲学被称为怀疑主义哲学，核心要领就是"怀疑"，怀疑那些人们早就习以为常、根本不会去怀疑的东西。

"我"到底是什么呢？休谟思前想后，发现每次去体会"我"的时候，归根结底都只是一些很具体的知觉，比如冷或热、爱或恨、痛苦或快乐。各种知觉、感受以不可思议的速度运动着，所谓"我"，只不过是这些知觉和感受的集合体。为了形象地说明这个观点，休谟提出了一个"心灵舞台"的比喻，大意是这样的：心灵是一个舞台，各种知觉在这个舞台上接连不断地来来去去。眼睛只要稍稍一动，知觉就一定会发生变化，其他感官也一样，在使知觉瞬息万变，至于我们的思想，比视觉更加变化无常。任何人只要尝试一下就会发现，哪怕只想让知觉固定一刹那都做不到。心灵到底是什么呢？无非就是连续出现的知觉。

休谟想到这一层时，就发出了一个深刻的疑问：我们为什么会有一种强烈的本能，把这些连续出现的知觉赋予同一性，并且相信自己在漫长的一生中具有一种不变的、不间断的存在呢？

休谟的这个疑问，如果放在佛教系统里来看，几乎算得上般若智慧了。你如果了解佛学，应该有能力给休谟答疑解惑，比如，你可以说，所谓"我"，其实是四大、五蕴在刹那生灭间因缘和合，是一个想象的共同体。你还可以借用僧肇在《物不迁论》里的说法，前一刻的我不是现在的我，现在的我不是后一刻的我，如果说两者有什么关系的话，那就是业力会从前一刻的我作用到后一刻的我。

你觉得休谟会满意这样的答案吗？并不会，因为他的怀疑是更深层次的，连"因缘和合"也一并怀疑了。佛陀的最大洞见就是因果律，业力的本质就是因果。佛教讲的"无我"，"我"是一团不断生灭变化的"东西",而在休谟看来,"我"只是一团不断生灭变化的"知觉",至于"我"到底是不是"东西",如果是的话,是一个或一团什么样的"东西",这是人的认知能力无法触及的。这就好像在做梦的时候,我们的各种知觉都很真切,醒来以后才知道梦里的各种真切都是子虚乌有。

当然,我们很自然地会以常识来质疑休谟,比如,我正坐在电脑前打字,我动一动念头,手就举了起来,手指敲击电脑键盘开始打字,可见我是一个运作流畅的统一体,并且,我头脑里的构思是因,手指敲击相应的按键是果,而敲击按键又同时是因,打出的字是果。这个说法看上去完全没有问题,不是吗?

但休谟会说:当然有问题!请你留意,休谟将要做出的反驳是他的人性哲学里最激动人心的一页中的内容,他会这样讲:你无法证明"你动一动念头"导致了"你的手举了起来",你只能证明前者发生在后者之前,两者具有时间上的先后次序,仅此而已。哪怕"你动一动念头"继而"你的手举了起来"这个过程重复了一万次而无一例外,你也无法合乎逻辑地证明两者之间存在因果关系。

休谟想要证明的是,因果律只是我们的一种思维习惯而已。"你动一动念头",继而"你的手举了起来",你发觉这两个现象从来都是先后发生的,于是在且仅在你的心里,"你动一动念头"和"你的手举了起来"这两个行为被联系在了一起,你相信前者是因,后者是果。

我们每天看到太阳东升西落,所以,我们今天看到太阳落山,就会很笃定明天太阳还会照常从东边升起。但是,太阳今天的西落和明天的东升之间真的存在因果关系吗?

休谟《人性论》之二：并不愚蠢的杞人忧天

（1）习惯是人生的最大指导

你可以根据现代的天文学知识和物理学知识，告诉休谟太阳系的结构和天体运动的力学原理，把因果关系讲得清清楚楚。那么，你觉得休谟还有反驳的余地吗？

这个问题很有难度，因为普通人很难做到像哲学家那样刨根问底。根据我自己的认知，做一名哲学家，可以逻辑不健全，可以冷酷无情，一切缺陷都无所谓，只有刨根问底、不死不休的精神是最要紧的。如果怀有这样的精神，我们就必须追问一下了：没错，牛顿为我们揭示了天体运动的力学原理，在牛顿之前，还有开普勒发现的行星运动的三大定律，只要我们借助这些先进工具，就可以准确预测行星的运动轨迹，当然更可以准确预测地球和太阳的相对位置变化，所以，我们不但能知道太阳明天还会从东方升起，甚至可以知道明天太阳会从哪个位置，在哪一秒钟从东方升起。但是，真正的问题在于，就算我们的宇宙现在和以前一直遵循着我们已知的力学原理，谁能保证明天它还会遵循同样的力学原理呢？

相信神创论的人更容易领会这个道理。上帝也好，梵天也好，婆楼那神也好，天意从来高难问，保不准人家哪天一高兴，就把物理法则改变一下，从此太阳西升东落，从此人类万寿无疆。即便我们抛开神创论，也保不准宇宙在发展到某个刻度的时候忽然方寸大乱，比如水里的鱼，假如它耐热能力很强的话，自己搞清了水温10~50摄氏度的变化规律，能够预测水在51摄氏度以上的变化形态，直到水温达到99摄氏度，一切都符合它的预测，但忽然水温到了100摄氏度，水沸腾起来了，必会使它方寸大乱。

休谟有一句名言："习惯是人生的最大指导。"人是靠着习惯生活的，不自觉地就会根据过去来判断未来。这种判断可能是正确的，但一定是不可靠的。如果休谟了解中国文化的话，一定会很喜欢"杞人忧天"故事里的那位杞人。杞人忧天虽然在生活意义上很荒唐，但在哲学意义上不但是明智的，而且是可敬的。

我们先要知道，杞人忧天的故事发生在两千多年以前，以那时候的知识水平，当然不可能知道天会不会突然塌下来。那些嘲笑杞人忧天的人，他们所有的证据只不过是粗浅的经验，他们仅仅因为天以前从来没塌过，所以断定天以后也不会塌。如果休谟当时在场，一定会替杞人辩解说："人们总会假定大自然的进程是符合同一性的，过去怎样，未来还会怎样。但是，谁能证明这一点呢？没人能够证明。人们只是天然有一种心理倾向，不自觉地就以过去推断将来，相信大自然的同一性，这仅仅是一种习惯而已。人是习惯性的动物，习惯是人生的最大指导。"

(2) 因果律

在休谟看来，除了相信大自然的同一性，因果律也是人类根深蒂固的一种习惯。换言之，因果律只是一种心理现象，而不是客观实在。我们总会为现象寻找原因，然后遵循"实践是检验真理的唯一标准"的原则，只要在实践上获得成功了，这个真理就成形了。但到底该怎么实践、怎么检验，往往并没有那么可靠的办法，每个时代的人都受限于自己的时代。

比如，古人为什么那么相信鬼神？因为在他们的时代观念里，鬼神的作用很禁得起实践的检验。《左传》中有一个很好的例子，说郑国执政官子产到晋国聘问，不巧晋平公卧病在床，没法见客。晋国执政官韩宣子私下里对子产说："寡君卧病，到现在已经三个月了，所有该祭祀的山川神祇都祭祀过了，但病情只有加重而不见减轻，现在寡君又梦见黄熊进入寝门，您知道这是哪种恶鬼在作祟吗？"

作为当时首屈一指的贤人，子产很有信心地回答："以贵国君王的贤明，又有您作为执政官治理国家，哪里会有恶鬼作祟呢？黄熊并非恶鬼。古时候，夏朝的始祖鲧被尧帝诛杀于羽山，他的魂魄变成黄熊进入羽渊，成为夏朝祭祀的神祇，夏、商、周三代都祭祀他。如今晋国作为诸侯盟主，怕是遗漏了对他的祭祀吧？"

韩宣子赶紧祭祀鲧神，后来晋平公的病果然好了。为了感激子产，晋平公送给他两只珍贵的方鼎。

在《左传》的全部记载里，子产是一位光彩照人、博闻强识的君子，还是一个理性、强大并且很会破除迷信的人。虽然在今天的人看来，被他破除的那些迷信比起被他推行的那些真理，其实并不荒唐多少，但我们还是得承认，他在他的时代确实有第一流的理性思维。那么，我们今天用来检验对错的"双盲实验法"，如果放在两千年后来看，会不会也有很多破绽？今天那些严谨的科学家会不会也被后世的人当成子产一样的角色看待呢？如果请休谟发表一下看法，他会说子产给晋平公治病的方法和今天的双盲实验本质上没有差别，无非都是因果律的思维作祟，今天的科学家和两千年前的子产同样出于"习惯"认定未来一定和过去相似,认定因果律是客观实在。如果休谟和叔本华一样,研读过印度婆罗门的经典,也许还会说:哪天婆楼那神不高兴了,收起原先的幻术,换一套全新的幻术,物理法则将会全部重写。那么,到那时候,因果律还会存在吗?

你可以猜想一下,对这个问题,休谟会给出怎样的答案。我相信休谟会这样回答:"即便物理法则全部重写,因果律也会继续存在,并且和以前没有任何不同。因为,虽然宇宙变了,物理法则变了,但人还是原来的样子。既然人还是原来的样子,那么人的思维定式也还是原来的样子。因果律并不存在于客观世界中,而仅仅存在于人的思维中,或者说,仅仅是人的思维定式中的一种。无论宇宙多么千变万化,无论因果关系在物理法则中究竟存不存在,人都会以因果律的方式来理解宇宙。"

是的,所谓因果律的真实性,在休谟看来仅仅是一种假设。以前的哲学家们总是把因果律当成一条不证自明的公理,就像欧式几何的几大公理一样,是从直观得来的。我们可以参照一下欧式几何的第一条公理:"过相异两点,能且只能作一条直线。"情况真是这样吗?我们从直观上觉得这是对的,但谁都没法给出严谨可靠的证明。如果因果律真是这样的直观公理,貌似也能说得过去,但休谟认为,所谓因果律的直观公理形式,其实是这样表述的——"一切存在的事物都有一个存在的原因",这个命题并没有直观上的确实性,并且也没有理证上的确实性。更通俗一点来讲:因果律和几何公理不是一回事,它没几何公理那么可靠,而且也没法进行逻辑证明。

休谟花了很大的篇幅,用高度哲学化的论证方式来质疑因果律的确定性,下面我只撷取一小段介绍一下。

休谟先摆出一个靶子,说有哲学家这样论证因果律:"每一个事物都必然有一个原因,因为,如果任何事物缺少这个原因,那么,它就是自己产生出自己来的,这就意味着,它在它自己存在之前就已经存在了,这当然是不可能的。"

以上这个论证在普通人看来绝对无懈可击,必须要逻辑素养很高的人,还要看得很仔细,才能看出破绽。休谟就是这样的人,他敏锐地发现,这个论证在"因为"的部分里隐隐包含了"所以"的内容。请你仔细一点,重新来听这一句:"因为,如果任何事物缺少这个原因,那么,它就是自己产生出自己来的。"在这句话里,"那么"后面的内容其实是把结论当成了前提:要论证的结论是"每一个事物都必然有一个原因",只有以这个结论为前提,才能声称某个不以其他原因为原因的事物一定以自己为原因。

如果你还没绕过来,完全没关系,你只要知道休谟确实找到对手的逻辑破绽就好了。

康德《纯粹理性批判》之一：
分析判断和综合判断

(1) 演绎法与归纳法

现在请你想一想，关于晋平公生病和痊愈，子产的解释和现代医学的解释存在本质性的区别吗？

我们先看一下这个问题，如果从常识层面来回答，那就很简单，本质区别当然存在。但如果从休谟的哲学层面来回答，本质区别就不存在了，因为无论是对症搞祭祀还是对症下药，生病和痊愈这两者之间如果有任何关系的话，那也仅仅是发生时间的先后关系，所谓原因和结果都是我们在想象中赋予的，现代医学并不比古代巫术更可靠。我们看病之所以选择去三甲医院而不是去找子产，仅仅是出于盖然性的考虑。

这个问题曾经很让康德苦恼。今天我们提到康德，都知道他是一位伟大的哲学家，但他在做出重大的哲学成就之前，一度对自然科学非常着迷，甚至发表过科学专著，研究过季风问题，提出过星云假说。如果休谟的结论是正确的，那就意味着科学和迷信不存在本质上的区别，因为科学研究的基础方法论主要有两点：一是因果律，二是归纳法。如果因果律变得不靠谱了，归纳法当然就更不靠谱了。

学过逻辑学的同学知道，我们用理性认识世界，只有两种方法：一是演绎法，二是归纳法。简单讲，演绎法是由一般推导出个别，归纳法是由个别推导出一般。形式逻辑就是演绎法，比如我们用亚里士多德总结过的经典的三段论来做一个推理：大前提是"所有人都有两条腿"，小前提是"熊逸是人"，结论就是"熊逸有两条腿"。在这个逻辑框架里，只要前提没错，结论就一定没错。我们再看一个三段论推理：大前提是"所有人都有四条腿"，小前提是"熊逸是人"，结论是"熊逸有四条腿"。问个问题：这段推理存在逻辑错误吗？很多人都会给出肯定的答案，但正确答案应该是否定的，上述推理并不存在逻辑错误，错的只是大前提：大前提不符合事实。那么反过来说，只要前提没错，结论就不会错，因为在演绎法里，结论的内容是包含在前提的内容里的。在上面的例子中，"熊逸有两条腿"这个结论是包含在"所有人都有两条腿"这个前提里的。因为有这个包含关系，所以，演绎法给出的结论是坚实可靠的。但是，同样因为这个包含关系的存在，所以，结论并不比前提多出任何知识。这就意味着，演绎法虽然坚实可靠，但不会增加我们的知识储备。

再看归纳法。我发现熊逸书院的所有读者都有两条腿，又抽空看了看其他读物的读者，见到的人也都有两条腿，我就从这些个别现象推演出一个一般性的结论，那就是所有读者都有两条腿。这个结论显然并不包含在前提中，所以，结论的内容属于额外增加的知识，这就意味着，归纳法可以不断拓展我们的知识边界，还可以帮我们对未知情况做出预测。比如，有其他读物的某位同学请我帮他做一条裤子，虽然我从没见过他，但我可以做出推断，他要的裤子，裤管一定有两个，既不会是一个，也不会是三个。这个推断一定是正确的吗？当然不一定，也许这位同学是有三条腿的外星人。只要有一个反例，就足以推翻全程肯定的判断。如果你觉得这很荒唐，那就请你想一想我们身边的那些归纳法命题,比如"男人都不是好东西"……更经典的例子是"守株待兔"这个寓言故事,故事中的农夫只从单个事件就推导出一般性的规律,这个取样范围实在太小了。

演绎法也叫分析判断,顾名思义,就是把前提里已经存在的内容分析抽取出来;归纳法也叫综合判断,顾名思义,就是把若干具体事件综合起来,推断出一个普遍规律。

现在你可以想想看,我们的分析判断和综合判断都是怎么来的。

(2) 综合判断与分析判断

先说综合判断,很简单,所有的综合判断都是由经验得来的,换句话说,都是由切身感受得来的。比如,花是红的、草是绿的、吃完饭会饱、挨了打会疼。所有标榜经验主义的哲学家,统称为经验主义者。英国就是经验主义者的大本营,一般提到经验主义,总会说英国经验主义。休谟就是英国经验主义的一位代表人物。

经验主义在法律领域的应用就是海洋法系,判案不靠具体的法律条文,靠的是先前形成的判例,也就是说,用从前的经验作为现在的判案依据。经验主义在经济领域的应用就是市场经济体制,政府不搞计划、不搞调控、不去稳定物价,把自己当成物业公司,只管守好物业公司的本分,至于业主去做什么行业,是赔还是赚,都是业主自己的事。从这个意义上说,亚当·斯密和哈耶克都可以被归入经验主义阵营。休谟属于经验主义中的极端派,在他看来,我们所有的知识通通来自经验,换句话说就是,任何超出经验范畴的知识都是不靠谱的。

那么,哪些知识属于超出经验的范畴呢?因果律就是。当然,普通人会认为因果律是由经验得来的,但休谟说,这只是因为大家没想明白，否则只要认真想想，就能发现，我们只会从经验中发现，因为事件A总是先于事件B发生，而把事件A和事件B用因果关系联系起来，那仅仅出于我们的心理习惯。在休谟的时代，最重要的超越经验范畴的知识就是上帝的存在。在休谟看来，无论上帝存不存在，我们都不可能由经验得到可靠的结论。这在当时是属于人神共愤的异端思想，所以休谟写书一向谨小慎微，生怕因言获罪。

说完了综合判断，我们再来说说分析判断。你可以想想这样一个问题：没学过形式逻辑的人可以正确应用形式逻辑做出推理吗？比如我们去问鲁智深："所有酒馆都卖酒，山下有一家酒馆，它卖酒吗？"鲁智深一定会毫不犹豫地说："卖！"鲁智深没学过三段论，但他完全可以正确地使用三段论做出分析判断。

当然，在日常生活中，我们很少会用三段论讲话，所以，更接地气的问题是："山下有家酒馆，不知道它里面有没有酒卖。"鲁智深回答："一定有！"我们看到，无论是提问的人还是回答的人，都没有正儿八经地动用三段论，但如果认真分析一下这样的日常语言，无非是隐藏了某个前提的三段论。让我们再变换一下形式，比如，"老虎是猫科动物"。在这个命题里，"老虎"是主词，"猫科动物"是谓词，如果我们单独讲"猫科动物"，其中已经包含了"老虎"，也就是说，主词是包含在谓词里的。形式逻辑区分主词和谓词，这是亚里士多德的贡献，后来的西方哲学总是从主词和谓词的关系开始生发出各种新奇的理论。如果你在大学里认真学过马克思主义哲学原理的话，应该对主词和谓词这些概念还有一些印象，也该记得黑格尔和马克思是怎么通过变换主词和谓词的关系来建立一整套宏大的哲学体系的。这样的哲学体系到底有几分靠得住，这不是我现在要讲的，你现在只要记住一个最粗浅的知识点，那就是，要了解分析判断的含义，并不需要借助任何经验知识，只要对主词或谓词的内容加以分析、提炼就足够了，并且，无论是主词包含谓词还是谓词包含主词，如此这般构成的命题都不会为我们提供新的知识，或者说，不会拓展我们的知识边界。

概括来说，经验来自我们的感知，分析来自我们的推知。推知来自人的理性，所以重于推知的这一派叫作理性主义。理性主义者的大本营在欧洲大陆，一般提到理性主义，都会说大陆理性主义，和英吉利海峡对岸的英国经验主义恰恰形成对照。理性主义嫌经验主义保守，经验主义嫌理性主义激进。

理性主义，顾名思义，很推崇理性的力量，认为人可以依靠理性，像研究数学那样把经验之外的东西完美证明出来。理性主义立足现在，设计未来。它在法律领域的应用就是大陆法系，靠预先设计好的条文法判案；在经济领域的应用就是计划经济，每个人从摇篮到坟墓的人生轨迹，每件商品的品质、价格和产量都由政府预先设计妥当。虽然我们在现实生活里总会呼唤理性，但是，现实生活中的理性和理性主义真的不是一回事。血淋淋的教训已经让我们知道，理性主义对人类的理性过于乐观了。

现在我们知道，综合判断需要借助我们的生活经验，也就是说，依赖我们的后天知识，那么，分析判断需不需要借助生活经验呢？或者说，分析判断是不是我们与生俱来的认知能力呢？如果是的话，我们就可以把分析判断叫作先天判断。

康德《纯粹理性批判》之二：
头顶的星空和心中的道德律

（1）寻找知识可靠性的根基

会不会存在一种先天的综合判断呢？

这是一个高度哲学化的问题，距离普通人的生活很远。但是，如果你理解起来感到吃力或者乏味的话，可以想一想王国维在这上面是拼命下过力气的，他当时的学习条件远不如我们今天。

王国维年轻时死磕过康德哲学，而在康德哲学里，尤其是著名的"三大批判"中，《纯粹理性批判》是最重要的一部。这部书要解决的问题可以概括成一句话，就是"先天综合判断如何可能？"。而这个问题的本质就是探究理性的功能和疆界。

《纯粹理性批判》，书名有点吓人。康德一共写过"三大批判"，分别是《纯粹理性批判》《实践理性批判》《判断力批判》。大家都知道康德最有名的一句话："有两种东西，我对它们的思考越是深沉和持久，它们在我心灵中唤起的惊奇和敬畏就会与日俱增，这就是我头顶的星空和心中的道德律。"在这句话里，"头顶的星空"就是《纯粹理性批判》的研究对象，"心中的道德律"就是《实践理性批判》的研究对象，而《判断力批判》主要研究美学问题，王国维在《人间词话》中谈到的"崇高"和"优美"就是从康德美学来的，审美体验可以把"头顶的星空"和"心中的道德律"连接起来。

所谓"头顶的星空"，简单讲就是外部世界。我们能够怎样认识外部世界，怎样用踏实可靠的方法拓展我们的知识疆域，到底能够拓展到哪一步，算术、几何、自然科学为什么能够成为可靠的知识，而不是休谟所谓的盖然性的知识……这些都是人的"纯粹理性"可以弄清楚的。只要搞清楚这些，就能让休谟那样的怀疑论者闭嘴。

至于书名里的"批判"，它的意思既不是要用理性去批判什么，也不是要抨击理性，而是要对纯粹理性做出探究，搞清楚它到底是怎么运作的，能做什么和不能做什么。比如，人能不能通过理性认识上帝。

在传统的经院哲学里，答案是肯定的。神学家认为，理性和启示殊途同归，人可以通过理性也可以通过启示认识上帝。通过启示认识上帝，这很好理解，你可以回想一下威廉·詹姆士的《宗教经验之种种》，任何一个顿悟时刻都可以被解释成上帝的感召，圣女贞德应该有过这种神秘体验。通过理性认识上帝，这也不难理解，神学家借用逻辑工具，做出过很多关于上帝存在的严密证明。牛顿所谓的"第一推动力"其实也属于理性证明上帝的存在，所以，牛顿虽然是一位科学家，但特别能讨教会和普通百姓的欢心。康德把理性认真研究了一遍，从根本上推翻了所有关于上帝存在的理性证明。

难道康德是个无神论者吗？并不是，他从另外的途径欢迎上帝，这个途径就是"实践理性"。《实践理性批判》从根本上说其实远不像《纯粹理性批判》那样有一种超然的哲学精神——在后者那里，上帝的存在、灵魂不朽、自由意志都被划在理性认知能力的疆域之外，也就是说，无论这三者到底是否存在，反正我们只凭理性是认识不到的，而在前者那里，康德表现出十足的社会责任感，认为出于道德的目的，我们必须假定这三者都存在。换成老百姓的话说就是，虽然我们心里要明白，但我们在做事的时候必须揣着明白装糊涂。《纯粹理性批判》是教你"弄明白"，《实践理性批判》是教你"装糊涂"。当然，这只是我自己的理解，多数哲学老师不会认同。

话说回来，论证纯粹理性无法认识上帝，不过是换了一种方法，把休谟已经做过的事情重新做了一遍。但康德更重要的工作其实是和休谟作对。我们可以从一道简单的算术题看起：7+5=12。这是康德自己举的例子，你觉得这是做分析判断呢，还是综合判断呢？

（2）算术与几何中的先天综合判断

首先我们知道，现实世界里既没有7，也没有5，更没有12，有的只能是7个苹果、5个梨、12个人，所以，纯数学应该不属于经验性的知识。以往大家都是这么想的，因此都把"7+5=12"当成分析判断，认为它是从"7与5之和"这个概念里通过形式逻辑的矛盾律分析出来的。但是，康德说，在"7与5之和"这个概念里，只存在"7与5这两个数连接成一个数"这样一个事实，并不存在12，或者说，任凭你穷尽分析手段，也不可能从"7与5之和"这个概念里分析得出一个"12"来。你可以回想一下上一节讲过的主词和谓词的关系问题，然后把"7与5之和"当成主词，"等于12"当成谓词，你就会发现，谓词的内容并不包含在主词里，所以，"7+5=12"并不属于分析判断。

那么，12到底从何而来呢？康德说，必须从"7与5之和"这个概念以外去找，求助于7或5对应的直观事物。比如5这个数字对应的直观事物是我们一只手上的五根手指，然后把每根手指当成1，依次加在7上，这才得出12。所以，"7+5=12"这个判断既是分析判断，也是综合判断。你已经知道分析判断是先天的,所以,我们可以说"7+5=12"就是一个先天综合判断。就其先天的意义来说,它是扎实可靠的;就其综合的意义来说,它是能够为我们增加知识储备的。正是因为有了先天综合判断,我们才可以扎扎实实地拓展知识的边界,而不必陷入休谟那样的怀疑论,以至于把科学和迷信等量齐观。

你是不是还没能完全消化这些知识呢?这很正常,当年我读《纯粹理性批判》时也有很多次半途而废。我有轻度的自闭症,最喜欢的事情就是把自己关在小黑屋里看书,很少有我想看却看不下去的书,《纯粹理性批判》就是其中之一。经过多次半途而废,我最后终于啃下来了,确实不容易。现在虽然我想尽办法,用最通俗易懂的方式把这部书的内容转述给你,但毕竟原著是高度哲学化的,需要你有足够好的西方哲学的知识底子才能理解,所以,如果你还是感觉枯燥和烧脑,这一点都不奇怪,耐心消化一下就好,完全不用因此怀疑自己的智商。另外,从这样的内容里,你也可以理解为什么黑格尔会说中国没有哲学。这话虽然很伤民粹主义者的自尊心,但只要你读过康德的哲学,就不难理解黑格尔的意思。我们中国的哲学,不要说孔孟和老庄,就算是朱熹和王阳明,也不会有康德的这种精密性。中国的精密哲学主要在佛教的阵营里扎堆,比如你已经熟悉的《物不迁论》,只要去掉宗教背景,那就是一部精深的哲学论文。儒家一般看不上这样的哲学,认为它们对社会和人生缺乏实际指导意义。这话也不算错。读了康德,难道能让社会更和谐吗?难道能让人生更美满吗?哪怕是今天的你,对此也很可能产生同样的看法,所以你就更容易理解,王国维真是当时中国学者里的一个另类。

话说回来,我们再看一个几何学的例子,换个角度来巩固一下何谓"先天综合判断"。这也是康德在书里举的例子,命题很简单:"两点之间直线最短。"现在问你:这是分析判断还是综合判断?传统的答案还是把它当成分析判断，因为这样的命题显然不是来源于经验。但康德说，"直"的概念里并不包含"短"。也就是说，谓词的内容并不包含在主词里，从"直线"的概念里无论如何也分析不出"最短"这个意思。所以，"两点之间直线最短"也是一个先天综合判断。在做出"两点之间直线最短"这个判断之前，我们不可能根据经验把所有的直线一根一根地全都检验一遍，但这个判断显然是可靠的、具有普遍性的，总是可以得到证实的。

我们平时怎么来验证一个命题是否成立呢？很简单，俗语说，是骡子还是马，拉出来遛遛。英文中也有同样的俗语，叫作"布丁之证明在于吃"。现在你已经知道了，这样的验证方式都属于综合判断。我们的心灵就像一面镜子，镜子照到什么东西，就会反映出这个东西的样子。换句话说，我们的认识应该符合我们的认识对象。如果你眼前有一个苹果，那么这个苹果是什么样的，你就应该把它理解成什么样。但是，我们的认知过程真是这样吗？

※ 第三章
《人间词话》的哲学基础（三）

康德《纯粹理性批判》之三：二律背反

(1) 哥白尼式的革命

在《纯粹理性批判》第二版的序言里，康德把自己的哲学贡献比作哥白尼式的革命。请你想想看，这话的意思除了表示自己的观点很有颠覆性之外，还有更深层的意思吗？换句话说，康德的哲学和哥白尼的天文学有没有相似的地方呢？

在哥白尼之前，人们认为日月星辰都围着地球转，这当然是一目了然的事情，但是，随着天文观测水平的进步，天文学家慢慢发现星体的运动轨迹稀奇古怪，很难解释。为了把这些难以解释的现象解释清楚，天文学家发明了一些极尽复杂的宇宙模型，但无论复杂到什么程度，还是无法解释这些现象。哥白尼想，能不能换个观测角度试试呢？让太阳不动，我们来动，我们骑着地球绕着太阳转。

康德的想法和哥白尼的是一样的。在哲学的经验论里，如果你眼前摆着一个苹果，那么这个苹果是什么样的，你就应该把它认成什么样的。如果真是这样的话，就没法解释我们的先天知识是怎么来的，没法验证任何一个先天综合判断。比如前一章讲过的"两点之间直线最短"就是一个先天综合判断。如果请休谟来检验这个判断的正确性，休谟就只能把宇宙里的所有直线挨个检查一遍。"纸上得来终觉浅，绝知此事要躬行。"但康德说，我们只要把观测角度颠倒一下，问题就轻松解决了。颠倒过来之后，不是我们的认知能力要如实地反映认知对象，而是认知对象要符合我们的认知能力。简单讲，前者意味着苹果是什么样的，我们就把它看成什么样；后者意味着我们是怎么看苹果的，苹果在我们眼里就是什么样的。

我们的认知能力相当于一副有色眼镜，从摇篮里到坟墓里，我们从来都没摘下来过。

为了把问题简化，你可以想象一下自己的所有感官都不存在，只剩下一双眼睛，只存在视觉能力，然后你一辈子都戴着一副红色的眼镜，镜片是半球形的凸面镜，所以，你看到的万事万物不但都是红色的，还都是变形的。变形当然是有规律的，在怎样的角度、怎样的距离会发生怎样的变形，你逐渐都能研究清楚，形成一套科学认知体系。当我站在你面前时，如果你采取的是平视的角度，看到的是一个红色的枣核形胖子；俯视的话，看到的是红色的墩子形胖子；仰视的话，看到的是一个红色的梨形胖子。但我真的长成这样吗？我真的会变形吗？当然不是，但你永远看不到我真实的样子，更重要的是，你永远都不该妄想能看到我真实的样子。你戴的眼镜决定了你的视觉模式，这是改变不了的。在你眼里，我永远都是一个红色的、会变形的胖子。

真实的我，还包括其他真实的东西，康德称为"物自体"，属于本体世界，而你看到的我，包括你看到的其他东西，都是物自体通过你的有色眼镜呈现给你的视觉图像，康德称之为"现象"，也可以叫"表象"。现在你可以回忆一下叔本华的那个命题："世界是我的表象。"这话就是从康德哲学发展来的，意思是，我所看到的世界是世界通过我的有色眼镜呈现给我的世界图景。如果你想看一下康德对"现象"的定义，他是这么说的："一个经验性的直观的未被规定的对象叫作现象。"

我们还是继续用通俗的说法解释一下好了。作为物自体的我触发了你的视觉系统，你就看到了一个红色的、会变形的胖子，这就是我呈现给你的"现象"。既然我作为物自体的样子，也就是我的真实样子，是你永远看不到的，你就没必要努力去看了，你的一切科学探索工作只应该围绕我呈现给你的"现象"去做，也就是说，围绕你看到的那个红色的、会变形的胖子去做，不要去做力所不能及的蠢事。这个道理可以简单归纳成两句话：现象是可以被理性认知的，物自体是不可知的；理性只应该研究可知的世界，别去碰不可知的物自体。

如果你就是不服气，非要戴着有色眼镜去认识物自体，那会出现什么结果呢？

康德说，那样的话，你就注定会陷入自相矛盾的境地。这个自相矛盾的境地，就是康德著名的命题"二律背反"。

（2）没有颜色的世界

每组二律背反都是由一个正题和一个反题构成的，康德一共举出四组二律背反，我们先看第一组。正题是：宇宙在时间上有起点，在空间上有限制。反题：宇宙在时间上没有起点，在空间上没有限制，它无论是在时间上还是在空间上都是无限的。正题和反题都有丰富的证明，都能自圆其说，从逻辑上无法反驳，但正题和反题显然不能同时成立。

我们今天当然可以用宇宙大爆炸理论这个"事实"来支持正题的论点，但如果康德有机会和我们对话，他应该会提出这样的问题："在宇宙大爆炸的奇点存在之前，世界是什么状况呢？奇点存在于哪里呢？"

一些物理学家会说，在宇宙大爆炸之前不存在时间和空间，但康德会质问："你能想象不存在时间和空间的状态吗？"这个问题真的切中了要害，因为我们确实想象不出来。无论我们怎么说服自己时间和空间都是从约150亿年前才开始的，但一旦想象约150亿年之前的状况，"之前"就已经预设了时间，"状况"就已经预设了空间。那么，这到底意味着什么呢？

这意味着有些我们以为是客观存在的东西，其实是主观的。我先举一个简单的例子：我们看到花是红的、草是绿的，红色和绿色真的是花和草的客观性状吗？花真是红色的吗？草真是绿色的吗？当然不是，如果让猫来看，让蜻蜓来看，看到的颜色就不一样了。所谓红色、绿色，本质上只是不同波长的光波，光波射入不同生物的视觉器官中，先被视觉器官过滤一遍，再被大脑解读一遍。也就是说，花和草本身没有任何颜色，而当它们沐浴在阳光下，分别反射不同波长的光线，光线射到我们的视网膜上，然后，我们的大脑会把视网膜接收到的特定波长的光波信号"翻译成"特定的颜色。所以，所谓颜色，其实只是我们的认知能力加在花花草草之上的，客观世界里并不存在任何颜色。

早在康德之前，英国哲学家洛克就详细论证过这个问题。他把物体的性质分为主性质和次性质两种，主性质包括广延性、形状、数量，还有运动或静止，这都是物体固有的属性，次性质包括颜色、声音、气味等，这都不是物体固有的属性，而是被人的认知能力"翻译"出来的性质。如果我们可以抛开一切次性质的话，那么宇宙就会变成毫无美感、很乏味的样子，没有颜色、声音、气味，只有不同形状、不同大小、不同数量的东西不停地运动着。是我们的认知能力，而不是世界本身，让世界变得丰富多彩。

但是，康德会提出一个问题：主性质怕也不是物体的固有属性，而是我们的认知能力"翻译"的结果吧？

我们已经知道颜色的本质是光线的波长，那么波长是什么呢？相邻两个波峰或波谷之间的距离构成波长，"距离"表示空间次序；波峰和波谷相继呈现,"相继"表示时间次序。只要把颜色理解为波长,次性质就被还原为主性质了。然后我们就会发现,每种主性质无非都是空间上的"距离"和时间上的"相继"。那么,空间和时间本身是什么呢?我们该怎么描述空间和时间的主性质呢?

我们谈到《纯粹理性批判》为什么是一场哥白尼式的革命,你只需要记住一件事:在康德看来,不是我们的认知去符合认知对象,而是反过来,认知对象来符合我们的认知能力。

康德《纯粹理性批判》之四：
时间和空间真的存在吗？

（1）哲学思维

前面我们谈到英国哲学家洛克对主性质和次性质的区分，而进一步分析之后又会发现，每种主性质无非都是空间上的距离和时间上的相继。那么，空间和时间本身是什么呢？我们该怎么描述空间和时间的主性质呢？

想要解决这个问题，首先要关注的不是答案本身，而是解题思路。我们熊逸书院所讲的内容一向不接地气，这里的内容尤其不接地气。理解康德哲学真的对我们的实际生活有什么指导意义吗？可以说，完全没有，就连增加谈资的意义都很少，因为无论是在饭桌上和人聊天还是在花前月下谈一场恋爱，怎么都不会聊到《纯粹理性批判》，否则只会遭人白眼。就算我讲《实践理性批判》，讲康德的道德哲学，你也不可能因此提升道德水平。但是，我真的发现，受过哲学训练的人在解决问题的思路上会明显胜过普通人。举一个很简单的例子，我见过一些人讨论一个有点庸俗的问题：穿黑丝袜为什么能让女人更性感？那些没受过哲学训练的人，给出的答案都很直接、很突兀，但只要你受过哲学训练,看到这个问题时,你马上就能找到有效的分析路径:首先你会用亚里士多德的"属加种差"的分类法,先看黑丝袜属于哪个大类,显然它属于丝袜这个大类,再看穿丝袜对增加女人的性感的共通点是什么,这就要拿丝袜和同类物品去比较,也就是拿丝袜和裤子、裙子、普通袜子去比较,显然这个共通点是良好的塑形能力。在取得这个共通点之后,再去分析黑丝袜相较于其他颜色的丝袜有什么优势,显然,优势是显瘦,还能把肤色衬得更白。那么黑丝袜的优势就是,在属差的意义上,塑形能力最好,在种差的意义上,既显瘦又显白。这就是哲学训练能够给人带来的思维章法,你可以举一反三,更高效地应对各种实际问题。

现在就让我们回到时空性质的问题上吧。首先我们知道,性质分为主、次两类。所谓主性质,是物体的固有属性,而物体是或可以是我们"经验到"的对象。哲学上常用"经验""经验到"这些词,简单讲,看到、听到、摸到、闻到,都叫"经验到",所谓"经验对象"就是被看到、被听到、被摸到、被闻到的东西。比如我在吃一个苹果,"吃"这个动作是我做的,所以我是经验者,是主体,"吃"这个动作针对的目标是苹果,所以,这个苹果是经验对象,是客体。所以,"我吃苹果"这句话如果换成哲学化的表达,就变成了"作为经验主体的我通过'吃'这个动作经验到作为经验对象或客体的这个苹果"。现实生活中如果有人这么说话,一定会挨打的。但对这些哲学常用词你还是应该熟悉一下,因为很快我们会讲到叔本华哲学里的美学问题,免不了要用一些"审美主体""审美客体"的概念。这些概念看上去很生涩、很枯燥,其实意思很简单,比如你用审美的眼光看一幅画,那你就是审美主体,画就是审美客体。为什么我要特别强调"你用审美的眼光看一幅画"呢?因为"你用审美的眼光看一幅画"和"你看一幅画"在哲学上的含义完全不同。当你有了一些哲学根底,就能明白为什么哲学书里有很多话都不好好说，非要很啰唆、很别扭地去说。禅师和哲学家都不会好好说话，但理由不一样。

（2）作为先天认知形式的时间和空间

话说回来，接下来我们就应该追问：时间和空间是不是我们的经验对象，又或者是不是我们从经验中总结出来的概念呢？

普通人都会给出肯定的答案：时间和空间当然是客观存在的，先有存在，然后才被我们感知到。一个空房间就是一个最常见的空间，我们往这个空房间里添置家具，每件家具都会占据一部分空间。家具有多大，占据的空间就有多大。至于时间，我们或者看到"人事有代谢，往来成古今"，或者看到"无可奈何花落去，似曾相识燕归来"，这都是显而易见的时间流逝。但康德会说："你们都想错了。如果时间和空间都是客观存在的，那么在我们感知到时间和空间之前，我们的意识里就不会有时间和空间的观念。而且，当我们不去感知时间和空间时，应该就感知不到时间和空间，就像我们眼前摆着一个苹果，只要我们闭上眼，就感知不到这个苹果了。但事实显然是相反的，我们从一出生就有时间和空间的观念，而无论我们怎么闭上眼睛、堵上耳朵，照样能感觉到时间和空间的存在。这只能说明一件事，那就是，时间和空间并不是客观存在的东西，而是我们与生俱来的感知能力。换句话说，时间和空间都是主观的。"

在《纯粹理性批判》里，导言之后的第一部分就用了很大的篇幅来论证时间和空间的主观性。第一节的标题就叫"空间"，第一段的小标题就叫"空间概念的形而上学阐明"。简单讲，当你看到或想到一个苹果的时候，你看到的或想到的一定是位于某个空间并且占据一定空间的苹果，你总会有一个预设的时间和空间背景，然后才把你的经验对象放在这个背景上来理解。这个预设的时空背景就是你与生俱来的有色眼镜。当你戴着那副红色的凸面镜时，你看到的所有人都是红色的会变形的胖子，当你戴着时间和空间的眼镜时，你看到的万事万物都会表现为时间上的相继和空间上的相距。

你理解了这一点，就会发现洛克所谓的主性质和次性质的界分并不准确，因为不但次性质是主观的，就连主性质也是主观的，两者并不存在本质上的区别。比如，颜色是次性质，它的实质是波长，这是上一节讲到的，而在康德哲学里，波长也不是客观事实，而是被我们天生的时间感和空间感"翻译"过来的东西。

空间和时间是我们与生俱来的或者说先天的认知形式，在万事万物中，只有那些能被我们的先天认知接收并处理的，才能被我们感受和理解；那些无法被我们的先天认知接收并处理的，我们就感受不到、理解不来。而我们能感受到、能理解的那些事物，我们感受到和理解的并不是它们真实的模样，而是它们在我们的先天认知这个背景上呈现给我们的模样。换句话说，物自体不可知，可知的只有现象，而现象都被我们的先天认知加工处理过。这就好像在城市里生活的人天天吃面包，但一辈子都没见过麦子。麦子从农村进入城市，一定先经过面粉加工厂，磨好的面粉又进入面包店，最后以面包的样子被人看在眼里，吃进肚里。如果有人认为面包和麦子长得一样，或者面包是直接从田里长出来的，那就错了。麦子就是物自体，面粉加工厂和面包店就是时间和空间，面包就是现象。我们的科学探索只能针对面包，没法针对麦子，如果有谁想通过面包研究麦子，那就会陷入上一节讲到的二律背反的困境。

康德《纯粹理性批判》之五：
一即一切，一切即一

（1）辉煌的枯燥性

既然时间和空间都只是我们的先天认知形式，那就意味着在物自体的世界里，也就是在真实的世界里，是不存在时间和空间的，你能想象不存在时间和空间的世界是什么样子的吗？

当然，康德会劝你打消这个念头，不要去做无谓的努力。既然他已经清清楚楚地给理性划定了边界，我们就应该小心翼翼地在边界内探索世界。即便非要和物自体的世界发生一点关系，那就发生道德上的关系好了。而道德应该建立在怎样的基石之上呢？这就是另外的话题了，康德会用一部《实践理性批判》来做解答。

你应该已经能够理解康德的想法了，也知道既然时空眼镜摘不掉，单凭想象不可能想出一个没有时空的世界，那么推理一下那个世界的一些特点总可以吧？为了达成这个目的，我们有必要再花一点时间梳理一下康德的主观时空论。

在康德的分析里，空间是外感官的直观形式，时间是内感官的直观形式。所谓外感官和内感官，简单讲，前者的感知对象是万事万物，后者的感知对象是我们的内心，但是，后者不仅是心理现象产生的直接条件，还是外部现象产生的间接条件。所以，无论是马路对面的猫狗大战，还是我们在内心深处所做的斗争，都被我们与生俱来的时间感和空间感加工处理过了，被安置在时间关系和空间关系里来让我们理解。

接下来，我们就可以反思几个很常见的概念，首先是"运动"。所谓运动，一定是某个物体在空间中发生了位移，无论运动的速度多快，一定会或多或少花点时间。那么，在没有时间和空间的世界里，运动显然不可能存在。

再看"变化"，某个物体可以一动不动，但随着时间的推移，物体本身渐渐发生了变化，一片娇嫩的绿叶会渐渐变黄，一朵美丽的鲜花会渐渐枯萎。之所以会发生这样的变化，是因为它们的内部发生了某些"运动"。我们即使不从微观角度考察这些"运动"，也可以很轻易地发现这些"运动"是在时间里发生着的。那么，在没有时间的世界里，变化显然不可能存在。我们可以借叔本华的一句论断来理解这个意思，叔本华说："在康德以前是我们在时间中，现在却是时间在我们之中。"

如果你已经理解了这些内容，接下来可以试着挑战一下，读一段《纯粹理性批判》的中译本正文，话是这么说的："空间无非只是外感官的一切现象的形式，亦即唯一使我们的外直观成为可能的主观感性条件。既然主体被对象刺激的接受性必然先行于对这个客体的一切直观，所以很好理解，一切现象的形式如何能够在一切现实的知觉之先、因而先天地在内心中被给予，这形式又如何能够作为一切对象都必然在其中被规定的纯直观，而在一切经验以前就包含着诸对象的关系的原则。"

对这段话，你只要能读懂两三成，就已经很不简单了。我这两节讲的这些内容，都可以看作这段话的通俗版本。康德有自己很鲜明的行文风格，叔本华对这种风格进行了很精辟的描述，是这么说的："康德的文体一贯带有一种精神卓越的标志，带有道地的、稳定的固有特性和极不平常的思想力的标志。这种文体的特征也许可以恰当地称为'辉煌的枯燥性'"。他还举例子说，明明只要用"统一"这个词就足够的地方，康德非要说"了知的超绝综合统一性"，或者"综合之统一性"。这些话出自叔本华的《康德哲学批判》。如果你想了解叔本华对康德哲学继承了哪些、扬弃了哪些，这篇宏文就是最好的途径。现在我们至少可以从这篇文章里得到一点宽慰，因为叔本华和康德既是同胞，又是同行，生活时代还很接近，既然连叔本华都嫌康德的书晦涩、枯燥，我们读起来吃力实在是再正常不过了。

（2）华严宗和天台宗

让我们继续推测那个没有时间和空间的世界。前面讲过，如果没有时间和空间，那么运动和变化都是不可能发生的，所以，如果真有什么物自体的话，它或它们一定处于某种不可思议的静止状态。这种状态之所以不可思议，是因为我们怎么也无法摘掉时空眼镜。

运动意味着位移，位移意味着从A点到B点。如果我们在A点和B点上各摆一个苹果，那么很显然，一共有两个苹果。但是，没有空间的话，怎么可能会有"两个"苹果呢？可想而知，当空间不存在了，A点和B点之间就不可能存在距离，所以A点和B点一定是重叠的。既然连两个苹果都不会存在，万事万物就更不会存在了，我们以为存在的万事万物都会重合在一个点上，而这个点仅仅是数学意义上的点，本身不占空间。所以，"一切"必定只能是"一"，而这个"一"刺激了我们的感官，被我们的时空眼镜加工整理，变成了我们感知到的"一切"。佛教的华严宗有一句著名的纲领，叫作"一即一切，一切即一"，这话后来被人做出了五花八门的解释，其实对华严经典追根溯源的话，我们会吃惊地发现，它真的暗合康德哲学。

设想一下，如果你的月薪是一万元，但到了月底发工资的时候，老板只给了你一块钱，你会怎么想呢？合情的想法是，你当即去找老板拼命；但合理的想法是，你想到"一切即一，一即一切"，一块钱和世间所有的财富在本质上是一样的，你不该有分别心。

唐代的法藏大师是华严宗的实际创始人，他写过一部《华严经义海百门》，经典立意是"一切事法，皆由心现"，这就是说，我们以为的客观世界其实并不是客观的，都是我们的心显现给我们的各种印象而已。心有多大，世界就有多大，同理，心有多小，世界就有多小。大家觉得须弥山很大，但那只是它在我们的心里显现成很大的样子；大家觉得灰尘很小，但那只是它在我们的心里显现成很小的样子。时间的长短同样是心的显现，既然时间和空间都是心的显现，那么须弥山当然可以被容纳进一粒灰尘中，一刹那也可以成为永恒。

这些说法大家应该都不陌生，像"须弥藏芥子""刹那即永恒"，这些并不是文学化的表达，而是有一整套佛学理论的支撑。

天台宗的经典《大乘止观法门》也讲过同样的道理，内容是以对话体的形式呈现的，对话双方一僧一俗。僧人说："你现在闭上眼睛，认真去想身上的一个毛孔。好，你现在看见这个毛孔了没？"

俗人答道："我已经在心里很清楚地看见了。"

僧人说："你现在再在心里想一座方圆数十里的大城。"

俗人答道："我已经在心里很清楚地看见了。"

僧人问道："毛孔和大城大小不同，是吗？"

俗人答道："是呀，当然不一样大，差老远了。"

僧人问道："方才的毛孔和大城都是你心里想的吗？"

俗人答道："是我心里想的呀。"

僧人问道："你的心有大小吗？"

俗人答道:"心连形状都没有,哪有大小呢?"

僧人就这么一直引导下去,最后的结论是,既然那个毛孔是心想象出来的,那座大城也是由心想象出来的,心是没有大小之别的,所以,毛孔和大城当然也没有大小之别呀!

在佛教的天台、华严两派看来,时间和空间都是心灵的认知形式,和康德不同的是,他们认为,心灵经过训练之后,就可以随意调整这两种形式,所谓"境随心转"。今天我们还常说"相由心生""境随心转"这两个词,但含义已经完全变了。境随心转,因为每个人的心和转法都不一样,所以,我们就不可能有可靠的科学知识。康德当然不会同意,在他看来,正是因为时空形式在每个人的心里都一样,先天综合判断才有可能发生,科学知识才能有可靠性和普遍性。这个区别很重要,从这个区别里我们能看明白,为什么佛教的一些纲领和康德哲学同样都有高度唯心化的倾向,但佛教是反科学的,康德是力挺科学的。

康德《纯粹理性批判》之六：
上帝有多高，永生有多久？

（1）灵与肉

西方世界有悠久的基督教传统，所谓"信上帝，得永生"，你觉得永生是在时间和空间之内，还是在时间和空间之外？

如果你拿这个问题去问不同的神职人员，一定会得到五花八门的答案。《圣经》里讲死人会复活，义人升入天堂与上帝同在，但这到底是怎样一种状态，《圣经》讲得并不详细。当然，对两千年前的普罗大众来说，只要知道自己有个永生的机会就足够了，并不会追问太多，但神学家必须把关键的神学问题都搞清楚，否则就没法招架各种异教的攻击。永生就是一个关键问题，它涉及的问题非常棘手，比如，人在尸体腐烂之后怎么才能从坟墓里爬出来恢复肉身？复活之后的肉身还会不会继续发育？如果不要肉身了，灵魂能不能单独存在，天堂是在宇宙之内还是之外，或者所谓复活只是一种比喻？

今天很多人都以为基督教是讲灵肉分离的，得救也好，永生也好，都是针对灵魂来说的。这是一个误解。在基督教发展的早期，神父们普遍宣讲的都是肉身复活，原来的身体什么样，复活之后还是什么样。

你也许会问:"如果婴儿才生下来没几天就死了,复活之后恢复成婴儿的肉身,难道从此永生永世都要被别人照顾不成?"如果你去找神父请教这个问题,很可能会被当成无理取闹,但是,这还真是复活理论中的一个严峻的问题。公元4世纪最伟大的神学家奥古斯丁有过一番著名的论述,认为所有人复活之后的肉身都是成年人的模样。

坚持灵肉分离、灵魂永生观念的人当然也有,最著名的人物就是生活在公元2世纪到3世纪的神学大师奥利金。奥利金学问太大,读书太杂,并熟读希腊哲学,尤其是柏拉图和新柏拉图主义的学术,因此,他的神学体系特别有希腊哲学式的精妙感,而他灵肉分离的想法正是来自柏拉图的启发。今天我们提到的基督教,提到的《圣经》,都把灵肉分离当成一个常识,其实这个"常识"并不是来自犹太人,而是来自古希腊,来自柏拉图。而这个"常识"在当初刚刚被奥利金引入神学体系的时候,因为太非主流而很受排斥,很快"奥利金主义"就变成了"奥利金异端"。

我们用今天的知识来思考这些问题,就会发现"奥利金异端"的解释力才是最强大的,也难怪它会随着时间的推移而悄悄获胜。首先我们应该想到,如果复活是指肉身复活的话,复活之后的肉身住在哪儿呢?当然,住在天堂里,与上帝同在。但天堂在哪儿呢,在我们的宇宙之内吗?如果上帝也住在天堂里,那他也住在我们的宇宙之内吗?当问题问到这一步时,矛盾就显现了:我们的宇宙是上帝创造的,这就意味着,在宇宙出现之前,上帝就已经存在了。所谓"之前"并不是一个严谨的表达,因为只有在时间系统内才有所谓"之前"和"之后",这里之所以说"之前",仅仅出于表达上的便利。如果时间和空间都是宇宙中的客观存在,那就意味着,上帝是不在时间和空间之内的。复活之后,获得永生的人既然"和上帝同在",那就意味着获得永生的人不在时间和空间之内。因为不在时间之内,所以不受时间的限制。永生并不是在时间中长存,并不是年复一年永葆青春,而是因为时间不存在,所以才不会衰老。永生也不是在空间中长存,所以,获得永生的人不应该还有肉身,否则就一定会占据空间。你可以来做这样一道算术题:有上百亿获得永生的人在时间和空间之外和上帝同在,他们一共有多少人?

这个题目貌似很荒唐,因为已知条件里明明交代了"有上百亿人",为什么还要问"一共有多少人"呢?从本章前两节的内容里,你应该已经能够找到问题的关键点了,那就是,如果不存在时间和空间,我们就没法数数了。

在康德的《纯粹理性批判》里,算术和几何知识都属于先天综合判断,算术来自我们的时间眼镜,我们要一个一个以相继的关系数数,几何来自我们的空间眼镜,我们以相距的关系分别出这个和那个。如果没有时间和空间,我们就分不出这个和那个,也数不出1、2、3……所以,无论是有上百亿人还是有上千亿人与上帝同在,一共只有一个人。那么,一个人加一个上帝,一共是两个吗?当然不是,一个人加一个上帝还是一个,但既不能说是一个"人",也不能说是一个"上帝",这就是人与上帝合一的状态,统称为"一"。也就是说,在时空关系里呈现出来的百亿、千亿在摆脱时空关系之后,通通汇总为"一"。这可以说是基督教神学版的"一切即一,一即一切"。

(2) 一与多

我们还可以追问一下,这里所谓的"一",究竟是不带量词的"一",还是带上量词的"一个"呢?如果是"一个"的话,这"一个"到底多大呢?我们可以找一个很具体的例子:上帝有多高?

如果你对米开朗琪罗画的天顶画《创造亚当》还有印象的话,应该能想到，上帝是一个很威严的白胡子老头儿，身量和亚当差不多。但是，让我们翻开《圣经》，虽然《旧约·创世记》里说上帝按照自己的样子造人，但在《新约·罗马书》里，使徒保罗赞美上帝说"因为万有都是本于他、倚靠他、归于他"，《旧约·耶利米书》还讲上帝亲口说过"我岂不充满天地么"。奥古斯丁在他的名著《忏悔录》里引用了《罗马书》和《耶利米书》中的这两段话，发出了一连串的天问：

> 既然你充塞天地，天地能包容你吗？是否你充塞天地后，还有不能被天地包容的部分？你充塞天地后，余下的部分安插在哪里？是否你充塞一切，而不须被任何东西所包容，因为你充塞一切，亦即包容一切？……是否一切不能包容你全体，仅能容纳你一部分，而一切又同时容纳你的同一部分？是否各自容纳一部分，大者多而小者少？这样你不是有大的部分和小的部分了？或是你不论在哪里，便整个在哪里，而别无一物能占有你全体？

这些天问说明了一件事，那就是，作为一个具有深厚哲学素养和顽固思辨精神的知识分子，很难从空间意义上理解上帝的存在方式。奥古斯丁为了解答这些疑惑，开创了自己的一套时空观念，在神学界影响深远。如果以后有机会写作关于西方神学传统的话，我再仔细谈谈奥古斯丁的几大名著。现在我们赶紧回到康德哲学上，至少你可以知道，正所谓空穴来风，事出有因，康德的时空观不是他凭空捏造的，而是沿着古希腊哲学到基督教神学的脉络"接着讲"的。如果请康德来答复奥古斯丁，他会说："你这些问题本身就不成立，因为它们是在用理性去分析理性所不及的对象，必定会陷入二律背反的困境。"但奥古斯丁也可以反驳康德："按照你的理论推演下来，只要稍稍向前一步就会发现，物自体的世界只有'一'，而这个'一'，我认为就是上帝。"

这里需要留意的是，在"一"中，任何"关系"都不存在，因为只有时间和空间才会呈现给我们无数种相继和相距的"关系"。现在你可以回顾一下前面讲过的《人间词话》中的一段内容："自然中之物，互相关系，互相限制。然其写之于文学及美术中也，必遗其关系、限制之处，故虽写实家，亦理想家也。"为什么自然界中万事万物会"互相关系，互相限制"？最根本的原因是什么？从根本原因上看，我们怎么才能摆脱这些关系和限制呢？

普罗提诺《九章集》：
永生之后的你还会记得亲人吗？

(1)"一"应该包含什么？

为什么自然界中万事万物会"互相关系，互相限制"？最根本的原因是什么？从根本原因上看，我们怎么才能摆脱这些关系和限制呢？

在康德哲学里，最根本的原因当然就是自然界中的万事万物透过时间和空间呈现给我们，一切关系和限制归根结底都是由时空眼镜带给我们的，所以，要想从根本上抛开一切关系和限制，就必须摘下这两副眼镜。如果你能做到，那么当你搞文艺创作的时候，你刻画出来的对象就不再是"一切"中的这个或那个，而是"一"。换句话说，不是具体，而是一般，不是现实，而是理想。这里所谓的理想，不是我们日常语言"找一份理想的工作"或者"怀着建设社会主义的远大理想"中的那个"理想"，而是来自柏拉图和叔本华的一个哲学概念，我们稍后再讲。

话说回来，康德并没有明确说明没有时间和空间之后就会"一切即一，一即一切"，但合乎逻辑的推演必定会导致得出这样的结论。在康德哲学里，物自体是我们一切感觉的原因。如果我们看到一个苹果，又看到一座高楼，那就意味着，苹果的物自体和高楼的物自体被我们的感性直观解读成苹果和高楼,但问题是,在那个没有时间和空间的物自体世界里,怎么可能存在分立的事物呢?所以,物自体的世界或者说宇宙的本体,只能是"一"。

这个结论后来由叔本华替康德得出了,叔本华还要在现实生活中寻找一条超越时空的途径。如果康德看到叔本华的这份努力,一定会不以为然地说:"这怎么可能呢?时空眼镜是我们与生俱来的,一辈子也摘不掉。不要做无谓的挣扎了!"

现在是请你复习旧知识的时候了,你能想到人在现实世界里怎样才能超越时空吗?

在思考这个问题前,我们可以先看一个更有前提性也更有趣的问题,那就是:人在获得永生之后,还记得生前的生活和亲朋好友的样子吗?

在中国的文化传统里,永生是发生在时空之内的。简单讲,如果你今天修炼成仙了,那么从今天开始,你会永生,也就是说,你的永生在时间上有起点而没有终点。如果你没能成仙,但成了佛,那么意味着你的命运从此不再受业力的控制了,而所谓不受业力的控制,如果刻板一点来理解的话,就意味着你进入了一个不受因果律支配的世界。那个世界会是什么样的呢?佛陀悬置不论,这就是"十四无记"。如果用康德哲学来解释的话,不受因果律影响的世界,那就一定在时空之外,是物自体的世界,所以佛陀悬置不论是很明智的,因为一旦想要通过理性去说明它,就会陷入二律背反。至于基督教神学里的永生,上一节讲过,与上帝同一或者在上帝之内,就意味着超越时空。那么从逻辑上讲,无论是成佛还是永生,都在时空之外,而我们的记忆只能在时空之内。当你回忆的时候,你想到的一定是过去某个时空里出现的人和发生的事。那么矛盾就出现了,这样看来,成佛和永生似乎都会抹除人的记忆。

佛教当然不会承认这样的推理,但在基督教神学里,这种观点还真的有自己的一席之地。它的来源是普罗提诺的名著《九章集》。

普罗提诺是公元3世纪的新柏拉图主义哲学的代表人物，他和上一节讲过的神学家奥利金很可能是同门师兄弟。普罗提诺最核心的哲学观点，简单讲，就是说宇宙的本原是"一"，"一"的流溢生出了次一级的"宇宙精神"，"宇宙精神"的流溢又生出了次一级的"宇宙灵魂"，"宇宙灵魂"创造了万事万物。这里的"一"，《九章集》的英译本译成了"One"，中译本借用道家词汇译成了"太一"。

这个说法很容易让我们想到《老子》里的"道生一，一生二，二生三，三生万物"，但为什么《老子》的热度直到今天依然不减，《九章集》却不再有人记得了呢？一个很重要的原因是，《老子》的解读空间非常广阔——"道"是什么、"一"是什么、"道"怎么生出"一"、"一"怎么生出"二"，谁都可以根据自己所处时代的知识背景做出全新的解读。但普罗提诺说理清晰，论证严密，所以，《九章集》留给后人的解读空间很窄，亮点和破绽都很清晰。

(2) 超越时空

为了简单理解普罗提诺，你可以把"太一"想象成一个无形的太阳，把太阳发光想象成普罗提诺所谓的流溢。光线射得越远，损耗就越多，就会变得越暗。从最亮到最暗构成了一个从高到低的序列，而在"宇宙灵魂"创造万事万物的时候，因为万事万物彼此关联，彼此限制，这就有了我们所谓的时空。人的灵魂也是由宇宙灵魂流溢出来的，寻求和肉体的结合。我们死后，如果不因为生前的罪孽而转生受罚的话，那么我们的灵魂就会逐步向太一复归。在这样一种天人合一的过程里，记忆慢慢淡化，我们会忘记自己生前的身份，忘记至亲骨肉的相貌，忘记刻骨铭心的爱情和孜孜不倦的追求，直到忘记自己的存在。你一定想问:"这种永生和'人死如灯灭'有多大区别呢?"区别就是:与太一合一意味着无与伦比的幸福,至于这种幸福到底是什么样的,没法讲,因为"道可道,非常道",太一超越了任何语言的形容,超越了感性、经验和理性的探索。

如果把这套哲学再简化一下,就可以归纳成一句话:太一既是宇宙的本原,也是人的终极归宿。只要这样一讲,你是不是就生出熟悉感来了呢?没错,只要把"太一"替换成"上帝",普罗提诺的哲学观就变成了经典的基督教神学观。奥古斯丁就曾经说过,只要把普罗提诺的话变换几个字,普罗提诺就变成基督徒了。

今天已经很少有人知道普罗提诺的名字,但他的哲学理论早已悄然潜入基督教神学,成为很多西方人心里天经地义、不必追问的观念。我们不妨追问下去,因为普罗提诺虽然构建了一个恢宏的哲学体系,但这个体系看上去不是很有说服力,所以我们很容易对他提出这样一个质疑:既然太一超越了任何语言的形容,超越了感性、经验和理性的探索,那你是怎么知道的呢?

这就回到了我们先前的那个问题上:你能想到人在现实世界里怎样才能超越时空吗?

如果你能立刻想到威廉·詹姆士的《宗教经验之种种》,那么恭喜你,你想对了。

在冥想带来的神秘体验里,时间仿佛停止了,空间也不存在了。

普罗提诺最重要的学生名叫波菲利,《九章集》就是由他汇辑完成的。波菲利说普罗提诺有很多次进入过迷狂状态,产生天人合一的神秘体验,他亲眼见过的就有四次。你应该能联想到《庄子》里颜成子游看到南郭子綦身如槁木、心如死灰的故事,波菲利如同颜成子游,普罗提诺如同南郭子綦。波菲利还说自己在六十八岁那年也体验到了这种境界,仿佛在纯净之光的沐浴下灵魂获得了升华,解脱了一切束缚,与神合而为一。

在神秘体验中感受到的世界，佛教说那叫真如实相，基督教说那就是上帝本尊，婆罗门说那是梵，哲学家们也各有各的解释，取最大公约数来说，那才是本体世界，而现实世界只是现象世界，所以，聪明人都应该舍现象而求本体，舍刹那而求永恒。

第四章
《人间词话》的哲学基础（四）

柏拉图《斐德罗篇》之一：
对话录的文体传统与古雅典的离奇爱情

（1）对话录

在本体世界里，或者说在神的身上，真、善、美是三位一体的吗？如果是的话，神秘体验除了能让人直接进入真和善的境界，是不是也能让人获得美呢？或者反过来说，通过获得"美"的途径，能不能获得超时空的神秘体验呢？

首先要说的是，真、善、美到底是不是三位一体的，这可是一个有着悠久历史的争议问题。如果请荀子来做排列组合，他会把"真、恶、丑"归在一类，把"假、善、美"归在相反的一类。他还会说，文明的进程就是伪装术的进化史，而个人的自我提升应该先从弄虚作假开始，然后假戏真做，最后达到弄假成真的境界。这当然不是荀子的原话，但荀子一定会赞同这样的说法。正因为率真很容易，造假很困难，所以才会有"学好三年，学坏三天"和"三天不打，上房揭瓦"这种俗话。但对大多数人来说，一边高扬真、善、美，抨击假、恶、丑，一边赞美文明和素质，全没有意识到这两者之间存在着本质性的矛盾。哪怕有人给他们明确地指出了这个矛盾，他们也不难找到弥合矛盾的思路，所以很多迎合这种心态的哲学和神学最容易成为主流,而荀子那样的人很快就被扫进历史的垃圾堆里,千年不见天日。人文学科中经常有这种情况,"中不中听"比"在不在理"更能决定命运。

另外,无论在现实世界里真、善、美的关系如何,在神秘体验里,很多人确实感受到了极致的真、善、美三位一体的境界。宗教人士通过各种冥想的手段,或者求真,或者求善,美可以算是一种副产品,那么反过来,如果目的是寻求美,应该也能得到作为副产品的真和善。我们已经从威廉·詹姆士那里知道,某些药物可以在相当程度上达到和冥想同样的效果,而在通常情况下,冥想是在静态中生效,药物是在动态中生效,这样的动态一般被称为迷狂。如果不用药物的话,人在什么情况下最容易达到迷狂的状态呢?答案显而易见:爱情。本节我们要讲的柏拉图对话录《斐德罗篇》就是从爱情入手,洞见美的理念,进而认识宇宙的本真。

柏拉图一共为我们留下了二十多篇哲学对话录,《斐德罗篇》是公认最重要的几篇之一。当然,如果你想深入了解西方文化,那么将柏拉图的全部对话录都读下来才好。也许你已经在看前面的内容时被康德吓到了,但是,请相信我,柏拉图会给你带来轻松愉快的哲学体验。虽然柏拉图只比孔子小一百多岁,但他的对话录比《论语》好读很多。《论语》要么单独一句语录,要么三言两语讲完一个小场景,过于简述必要的语境,对观点一般也不加论证,而柏拉图的对话录基本都是长篇大论,设计一个场景,让很多人参与讨论,不同意见的人你来我往,不断论证自己的观点,寻找对手的破绽,逻辑推演环环相扣,角色被描述得还特别生动,各有各的性格,读起来就像看戏。

读柏拉图的对话录可以当成消遣,我有时候就会用夸张的舞台腔,模仿书里的各个角色,像演戏一样来读着玩。柏拉图的很多观点在今天看来是很荒唐的,但荒唐得特别有趣,让人脑洞大开,还特别有影响力。再说，难道你以为康德不比柏拉图荒唐吗？但这又有什么关系？学以致用的心态自古以来都是哲学的大敌，也是美的大敌，是把人弄得庸俗和猥琐的毒药，还是文明发展的最大绊脚石。所以，如果柏拉图问你从"熊逸书院"都学到了什么，最能赢得他的好感的回答应该是这样的："什么都没学到，但整个人都不一样了。"

这种心态在今天看来会显得奇怪，但我们必须想到，柏拉图生活在传统的贵族圈里，那些人有钱有闲，喜欢在大而无当的领域享受才智上的刺激，而政治上短暂的黄金时代又恰好给了他们这样的空间。所以从风格上看，柏拉图的对话录总给人悠游闲适的感觉，观点并不明晰，爱兜圈子，半天也进入不了主题。以今天的传播学标准来看，这都算是很致命的缺点，但今天的标准是为大社会、快节奏、平民化的人群服务的，让当年那些小社会式的、慢生活式的、贵族式的作品显得格格不入。

（2）古代雅典的爱情

作为一种文体，对话录的缺点其实正是它难能可贵的优点。如果想探讨一些敏感问题，对话录总会变成首选文体。作者貌似没有明确的立场，只是安排一个舞台，让几个角色各执一词，也不用非得像柏拉图那样给角色分出主次，免得暴露作者的倾向。虽然各个角色可以唇枪舌剑，但几个回合之后，谁也说服不了谁。高明的作者只会启发读者联想到自己想说的话，自己尽可能地躲在安全地带。

中国也有对话体，主要可以分成三类。第一类属于纯文学，汉朝大赋常这么写，比如班固《两都赋》，先是西都宾长篇大论描述西京长安的各种好，然后东都主人同样用长篇大论描述东京洛阳的各种好。第二类属于讽谏，比如东方朔的《非有先生论》，假托非有先生和吴王问答，借古讽今，劝汉武帝应该虚心纳谏。第三类是佛经，和西方对话录的传统最像。佛经中经常用到对话体，安排外道教徒和佛教徒不断抬杠，理越辩越明，最后佛教徒让外道教徒输得心服口服。无论是哪一种对话录，作者的立场都很鲜明，这是和西方对话录的不同之处。

今天我们来看柏拉图对话录中的《斐德罗篇》，这部书里只有两个角色：苏格拉底和斐德罗。两个人一起在雅典城外散步，边走边聊。苏格拉底很诙谐，斐德罗很实诚。我们听这两个人聊天，就像听郭德纲和于谦说相声。如果说这段聊天在语言艺术上比相声还多了什么的话，那就是穿插着一些雄辩体的美文朗诵，有点莎士比亚戏剧的味道。

对话的主题是从爱情开始的。斐德罗刚刚抄录了大作家吕西亚斯的一篇爱情美文，文章的主题很反常识，是说在爱情关系里，你应该接受的是不爱你的人，而不是爱你的人。不过这里讲的爱情并不是男女之爱，而是古希腊流行的一种很特殊的男同性恋。这种恋爱是在中年人和少年之间发生的，而当少年长大成人之后，又会去找另一个少年作为自己的恋爱对象。在当时的观念里，同性恋比异性恋来得高尚，这有两个原因。首先，因为男人比女人更高级，所以男男关系比男女关系更高级；其次，因为同性恋并不组建家庭，不涉及财产问题，所以这种关系比婚姻关系更纯洁。而差了辈分的男同性恋之所以比普通的男同性恋更高级，这是因为少年心性最容易受恋人的影响，所以长自己一辈的恋人可以成为自己的人生楷模，而这种传帮带的关系特别有利于青少年的健康成长，可以为城邦培养更多的好公民。正因为当时的雅典上流社会流行着这样的观念，所以吕西亚斯才能公开背诵这样的美文，苏格拉底和斐德罗才能不加遮掩地讨论这样的话题。

当斐德罗朗诵完吕西亚斯的文稿时，苏格拉底仅仅赞美了它的修辞，这让斐德罗很不服气。于是苏格拉底装作缪斯附体，即兴创作了一篇同题文章，换了一个角度来论证吕西亚斯的主题。就在斐德罗目瞪口呆的时候，苏格拉底忽然提出要作一篇翻案文章，因为他刚刚附和了吕西亚斯，这就等于亵渎了爱神，犯下了严重的渎神罪，只有翻案才能赎罪。苏格拉底刚刚论证了"爱情会让人陷入迷狂，所以恋爱有害"，但是，他又觉得这话不对，因为"迷狂是上天的恩赐"。

柏拉图《斐德罗篇》之二：灵魂吃什么？

（1）三种迷狂

会不会有一种爱情，虽然恋人的美貌让你迷狂，但在这种迷狂中并没有性欲的成分？

如果从常识来回答，答案一定是"没有"，但柏拉图的哲学向来不走寻常路，《斐德罗篇》给出的答案是"有"。事情还要从灵魂问题谈起。

上一节讲到，苏格拉底的第一篇文章论证了"爱情会让人陷入迷狂，所以恋爱有害"，但是，他马上又来翻案，说"迷狂是上天的恩赐"。为什么这样说呢？因为迷狂一共分三种形式。首先，神庙的女祭司们只有在迷狂状态下才能说出预言，而在清醒状态下她们和普通人一样，对未来的命运一无所知。迷狂是神灵附体的结果，这当然不是丢脸的事，所以，"预言术"这个词的词根是从"迷狂"发展来的，预言术也可以称为迷狂术。再看第二种迷狂：有些人会因为先辈犯下的罪孽而遭到天谴，发了疯，这时候家人就会为他举办禳灾仪式，疯子在仪式中被神灵附体，陷入迷狂，因此获得拯救。第三种迷狂源于文艺女神缪斯，诗人如果不是借助缪斯的帮助陷入迷狂，是不可能写出好诗的。从这三种迷狂来看，我们完全有理由相信，清醒不一定比迷狂更好。不仅如此，甚至可以说，迷狂是上天给人的最高恩赐。为了充分说明这个道理，我们首先需要考察一下灵魂的性质。

首先，灵魂一定是不朽的。怎样区分一个东西是不是不朽的，标准很简单，只要看它自身会不会动。自身会动的东西都是不朽的，自身不会动，要靠别的东西推动才能动的东西，一定都会朽坏。你一定会问："不对啊，人自己就会动，但照样有生老病死啊？"苏格拉底会说："你所谓的人自己会动，其实是个错觉。人的肉身不会动，必须有灵魂来推动它。肉身坏了，灵魂就会飞走。"这就是古希腊人的灵肉分离观念。我在前面讲过，《圣经》中和《圣经》时代的犹太人心中并没有灵肉分离的观念，死人在最后审判以后复活，肉身还会恢复。后来古希腊哲学渗入了基督教神学，越来越多的神学家就开始以灵肉分离的观念来解读《圣经》的"道成肉身"和死后复生了。另外，古希腊人相信日月星辰也是活的，是被灵魂驱动的。

你可以把苏格拉底描述的灵魂理解为一台看不见的永动机，永远都不会有"魂飞魄散"的情况。它永远不会死亡，永远动个不停。

这台永动机的力学原理稍微有点复杂。苏格拉底用了这样一个比喻：灵魂就像一名车夫驾着一辆由两匹马拉着的车。在不同的灵魂那里，车夫和马的心性各不相同。诸神的飞马和车夫都是好的，心往一处想，劲儿往一处使，配合默契，但其他生灵的情况就没那么乐观了。拉我们凡人马车的两匹马中，一匹是良种骏马，另一匹是杂种劣马，它们总能把车夫搞得心力交瘁。所以，诸神的灵魂都是完善的，我们凡人的灵魂各有各的缺陷。

完善的灵魂有丰满的羽翼，越飞越高，主宰世界，而那些有缺陷的灵魂，翅膀不太好使，还有些干脆失去了翅膀，所以会往下落，直到附在凡俗的肉身上。

虽然灵魂是永动机，但灵魂的翅膀需要维护和保养。为什么会这样呢？因为翅膀的天然属性就是带着沉重的东西向上飞升，飞到诸神的世界里，所以翅膀比灵魂的其他部分拥有更多的神性，所以它是美丽的、聪明的和善良的。这些优秀的品质就是翅膀的营养液和润滑剂，相反，丑恶的品质会使翅膀萎缩和损毁。

（2）共相与殊相

如果没读过柏拉图的其他对话录，对上面这段内容一定很难理解。美丽、聪明和善良怎么才能滋养灵魂的翅膀呢？这几个词可都是形容词啊。如果要有滋养力的话，一定得是美丽的"风景"、聪明的"办法"、善良的"人"，诸如此类才可以。但是，柏拉图是一个很反常识的人，如果你自觉或不自觉地想用常识来整理他的观点，稍不小心就会犯错。

柏拉图和亚里士多德，这对师徒是古希腊哲学史上最闪光的两大巨星，但他们的风格刚好相反。柏拉图很有幽默感，想象力天马行空，相比之下，亚里士多德就显得格外无趣，但他的哲学更有系统性和常识感。如果你去读古希腊哲学，记住这样一个要点就比较容易上手，那就是，柏拉图总是在颠覆常识，亚里士多德总是在归纳常识。

不过，作为西方文明的一大基石，柏拉图哲学中很多颠覆常识的内容都已经变成西方文明里的常识了。比如，我们读西方古典文学，会看到很多作品里把形容词大写，当成人称代词来用。我们一般只会将其理解为"这是拟人的修辞"，其实再更深层地追溯的话，这就是柏拉图哲学传统留下的印记。所以，作为灵魂营养液的美丽、聪明和善良，就是美丽、聪明和善良本身，它们都是真实存在的东西，而真实存在的东西并不存在于我们这个世界，而是远在诸天之外。

所谓"真实存在",是指永恒不变的存在。我们已经知道所有物质性的东西都会朽坏,所以,永恒不变的东西一定不是物质性的,它们无法被看见,无法被摸着,只能被理智认识,而所有真正的知识都是关于这些真实存在的知识。

当你在柏拉图对话录里看到"知识"这个词时,你经常需要在心里把它替换成"真理",这样才容易理解。我们日常语言所谓的"知识",大到物理知识、语文知识,小到明星八卦的知识,在柏拉图那里都叫"意见"。"意见"的对象都是可变、可朽的存在,"知识"的对象则是永恒的存在。

灵魂需要理智和知识的滋养,就连神的灵魂也不例外。当灵魂的马车飞驰在诸天之外,通过理智看到了永恒,对真理的沉思使它吃得饱饱的、长得壮壮的。但是,品质较差的灵魂马车总会受到杂种劣马的拖累,不仅飞不高,还会出现交通拥堵,彼此碰撞、剐蹭,让翅膀受伤的情况。于是它们越飞越低,没机会到诸天之外去做维修保养了。它们的下场是不难预见的:最后终于坠落到地面上,寻找肉身来结合。

灵魂的第一次投生都会进入人类婴儿的体内,然后不断轮回。在轮回中,如果灵魂的受损程度太高,就只能投生到兽类身上,但也有些兽类的灵魂因为见过永恒真理,还有机会投生为人。接下来我要引述《斐德罗篇》中最重要的话语之一:"作为人必须懂得如何使用'型',用理性把杂多的观念整合在一起,因此,理智就是我们对自己的灵魂在前世与它们的神一道巡游时看到的那些事物的回忆,它们凭高俯视我们凡人认为真实存在的东西,抬头凝视那真正的存在。"

这话有点费解,但它是理解柏拉图哲学的一大关键。所谓"型",你可以把它简单理解为"类型",也就是抽象的、一般性的概念,在哲学术语里通常称为"共相"。比如,我们在现实世界里看到这朵花和那朵花,看到成千上万朵花,每朵花都是具体的、特殊的,这叫"殊相"。但我们会从无数具体的殊相的花里抽取共同特征，就有了一个"花"的概念，这就是共相。我们用"花"这个共相来整合这朵花和那朵花的殊相。共相到底只是一个想象中的概念，还存在和它对应的实体，这是西方哲学史和神学史上一个源远流长的经典问题，支持前者的叫唯名论，支持后者的叫唯实论，而问题的源头就在柏拉图这里。中国哲学里也有对应的问题，那就是公孙龙的"白马非马论"，只是影响力不大，因为中国人更务实。

柏拉图是唯实论的奠基人，《斐德罗篇》中所谓的"型"，也被称为"理想"或者"理想型""理念"，而唯实论的英文是"realism"，这个英文单词更常见的含义是文学上的"现实主义"。当你发现"理想"和"realism"竟然是一回事时，你要不要重新理解《人间词话》里的那句"虽写实家，亦理想家"呢？

柏拉图《美诺篇》：到底是"实践出真知"，还是"回忆出真知"？

（1）美德可教吗？

上一节讲到《斐德罗篇》中一段很重要的原文，我先重复一遍："作为人必须懂得如何使用'型'，用理性把杂多的观念整合在一起，因此，理智就是我们对自己的灵魂在前世与它们的神一道巡游时看到的那些事物的回忆，它们凭高俯视我们凡人认为真实存在的东西，抬头凝视那真正的存在。"

要理解这段话，我们有必要暂时放下《斐德罗篇》，看看柏拉图的另一篇对话录《美诺篇》。《美诺篇》中有两位主人公：美诺和苏格拉底。话题很简单，美诺问苏格拉底："美德能教吗？"以我们的常识来看，这是一个很愚蠢的问题。美德当然能教，所以，小学里有德育教育的课程，父母有以身作则的义务。但是，苏格拉底说，在回答这个问题之前，应该先搞清楚美德是什么。

美德是什么呢？这好像也是不言而喻的。美诺随口说，男人的美德是擅于管理城邦，女人的美德是擅于持家。但是，苏格拉底反问，我让你说出美德的本质，没让你列举美德的例子。这样一来就麻烦了，苏格拉底不断反诘，美诺只好不断地修补和更正原先的说法。几十个回合之后，美诺终于崩溃了，彻底不明白美德是什么了。

苏格拉底一看聊得差不多了，终于抛出一个匪夷所思的观点：美德是不能教的，它和所有的知识一样，来自灵魂对前世经验的回忆。

现在你可以回忆一下上一节讲过的《斐德罗篇》中的内容：灵魂是永恒的，灵魂的天性是要飞到诸天之上，通过沉思真理来滋养自己，而品质不太好的灵魂迟早都会坠落下来，附着在人类婴儿的肉身上，然后不断轮回转生，有些灵魂还能在转生过程中自我完善，重新飞升到诸天之上。

上一节中还讲到"知识"和"意见"的区别：知识的对象是诸天之上的永恒真理，意见的对象是现实世界里有着成、住、坏、灭的无法永恒存在的东西。

那么问题是，灵魂既然永恒不灭，既见过诸天之上的真理，又有很多次的转生体验，当然见多识广，知识无比丰富，但为什么每个人生来都很无知，都需要学习呢？

苏格拉底的解释是，因为灵魂是健忘的，所以人必须很努力才能唤醒前世的记忆，而我们所谓的学习，其实在相当程度上说本质就是回忆。

中国也有类似的问题，民间一般都用喝孟婆汤来解释灵魂的健忘，但也有例外，传说藏区活佛就可以在不断的轮回转世过程中积累前世的记忆和修行成果。当然，解释可以是天马行空的，怎样验证才是最难的事情。我们谁都无法从阴间带一碗孟婆汤回来，也不可能找一批活佛做追踪调查。这时候就体现出苏格拉底的高明了，他主动提出做一个实验，要把刚才的观点扎扎实实地证明给美诺看。

美诺是个贵族，家里有很多奴隶。苏格拉底从这些奴隶中挑了一个家生家养、从没受过教育的小孩子，然后在地上画了一个正方形，一会儿让他算边长，一会儿让他算面积，由浅入深，提出了很多个几何和算术问题，图形也越画越复杂。奇迹发生了：这个小奴隶不断给出正确的回答，直到遇到一个很难的问题才出了错。要知道，他从没学过相关知识，苏格拉底也只是提问，并没有现场教他任何东西，他怎么可能生而知之呢？

（2）生而知之

孔子说过，从学习的角度来看，人可以分为四等：生而知之是第一等；学而知之是第二等，孔子说自己就是这等人；第三等是困而学之，也就是遇到困难才临时抱佛脚去学；最差的就是困而不学，那就真是不可救药了。孔子这个分级很符合我们的常识，生而知之的人确实有，天分超群，但一定是极少数。而苏格拉底那个实验证明的是，如果随便拉来一个未成年、没受过教育的奴隶就能发现他是一个生而知之的人，那么何况其他人呢？

你有没有发现苏格拉底和休谟有一个相同点呢？虽然两个人看上去反差很大，其实都是经验论者，都认为知识来自经验。然而，苏格拉底认为知识来自经验，又发现了"生而知之"是普遍存在的现象，这不就自相矛盾了吗？如果矛也在理，盾也在理，问题就一定出在我们对"生而知之"的理解上。也就是说，所谓天生的知识，绝不可能是凭空来的，一定是我们在出生前就经验到的，只有这样理解，才能和"知识来自经验"这个命题合拍。普通人之所以想不通这个道理，就是因为错把灵魂在肉身生命周期里获得的经验等同于灵魂在无数次轮回里获得的经验。一旦把这层窗户纸捅破，那个看似匪夷所思的结论也就顺理成章了：知识来自灵魂对前世经验的回忆。进一步的推论就是，这种知识不是来自传授，而是来自提问。只要受到恰当提问的启发，人就会回忆起来，就像那个小奴隶在苏格拉底不断的提问和启发之下，在自己从来不曾学过的知识领域答对了很多问题一样。如果他前世从没学过几何学，那怎么可能答对呢？

我们可以大胆设想一下，如果请康德加入苏格拉底和美诺的谈话，他会怎么说呢？如果你还记得前面讲过的《纯粹理性批判》，就会知道康德应该会这样说："苏格拉底先生，您想多了。那个小奴隶的回答正是我所谓的先天综合判断。他之所以能答对，都是因为我们与生俱来的时空眼镜带给我们的感性直观能力，和灵魂转世没有半点关系。不信的话，您不妨再做一个实验，但不要再用几何学的问题当实验素材了，而要换成真正的经验性的知识问题，比如，'中国人是怎么过新年的''馒头和包子有什么区别'，看看谁能回忆出这种问题的答案。"

如果休谟也加入谈话，他会这样质疑："苏格拉底先生，您上过天吗？如果没上过，您是怎么知道'诸天之外'的景象的？"

苏格拉底会反驳："康德先生，'过年问题'和'包子问题'都属于'意见'，而不是我所谓的'知识'。真正的'知识'对象是永恒的宇宙本体，而不是多变的世间万象。休谟先生，没错，我没上过天，但没上过天就不知道天上的事吗？任何人都没见过直线，也都画不出真正标准的直线，但为什么每个人，当然也包括您，心里都很清楚直线是什么呢？"

康德发现再争论下去只会是鸡同鸭讲，于是知趣地闭上了嘴，但休谟还有话说："我根本就不知道直线是什么，任何人都不可能知道，因为现实世界里根本就没有直线。数学家的确给直线下过定义，他们说'直线是两点之间最短的路线'。但是，这只是直线的各种特征之一，而不能成为它的定义。生活常识会让我们知道，最直的路也是最短的路，那么，当我们说'直线是两点之间最短的路线'，就等于在说'两点之间最短的路线是两点之间最短的路线'，这是同义反复，纯属废话。"

康德会马上把矛头转向休谟："可是，生活常识到底是怎么让我们知道最直的路也是最短的路呢？这首先不是一个分析判断，因为谓词的内容并不包含在主词里，但如果说这是从经验得来的一个综合判断的话，它显然只有盖然性上的真实，你不该说得那么斩钉截铁。"

我虚拟了这段对话，既是为了帮你复习一下前面讲过的知识，也想借此让你看到，即便西方哲学发展到近代，很大程度上还是围绕柏拉图提出的问题打转，这就是哲学的特性使然。

回到《斐德罗篇》：哲学与爱欲的迷狂

（1）第四种迷狂

多数人对哲学话题不会有任何兴趣，这同样是从柏拉图以来一以贯之的。那么，基于回忆说，你觉得柏拉图会怎样解释这样的世道人情呢？

柏拉图在很多地方都曾谈到，哲学家在凡夫俗子的眼里就是疯子。关于此，最著名的议论出自《泰阿泰德篇》，主角苏格拉底说，相传泰勒斯在仰望星辰的时候不小心摔进大坑里，一个机智伶俐的女仆嘲笑他，说他太想知道天上的事情，却看不到脚下的大坑。

这位泰勒斯是有史可查以来的古希腊第一位哲学家，他提出过水本源说：水诞生万物，万物还会复归于水。他对天文学也很有研究，可以准确预测日食，所以，在那个故事里他才会被塑造成抬头看天却没有低头看路的形象。苏格拉底还有评论说："任何想要献身哲学的人都要准备接受这样的嘲笑。哲学家确实不知道街坊邻居的家长里短，甚至注意不到邻居是不是人。当哲学家被迫谈论世俗话题的时候，所有人都会像那名女仆一样嘲笑他，好像他会闭着眼睛掉进陷阱一样。他的笨拙使他显得格外愚蠢，但他不会反唇相讥，因为他不会研究别人的缺点，也不会说别人的坏话。"

以上内容只是我简单扼要的复述，事实上，无论是苏格拉底，还是对话录中的其他什么角色，一旦谈到这个话题，总会滔滔不绝、反反复复，简直有一点祥林嫂的风格，可见柏拉图这一辈子对凡夫俗子们积累了多少怨气。

哲学是高贵的事业，它确实需要人仰望星辰，努力回忆灵魂的马车曾经在巡游诸天的时候看见的一切。既然注意力是高度稀缺的资源，用到了天上自然就用不到地上。俗人以为哲学家发疯了，其实那是神灵附体带来的迷狂，这就是迷狂的第四种形式，也是神灵附体的所有形式中最好的形式。你也许想不到，爱情的狂热恰恰属于这种形式的迷狂。

当你爱上一个人，他（她）的美让你神魂颠倒，无法自拔，你知道这是什么机制在起作用吗？如果看过《爱，而非理性，才是征服世界的终极杀器》，你就应该能答出苯基乙胺、内啡肽和多巴胺这些生物化学名词。古希腊人显然不知道这些，所以在《斐德罗篇》里，苏格拉底给出了一种很有美感的解释：恋人的美勾起了你灵魂深处的回忆，让你隐约想起了诸天之外的真正的美。这个时候，灵魂的翅膀因为受到美的滋养，所以开始生长，急于振翅高飞，但翅膀毕竟还没有完全长好，心有余而力不足，所以你的灵魂总会昂首向高处眺望，对尘世的一切置之不理，你就变成了别人眼里的疯子。

接下来，苏格拉底要讲一讲"原本"和"摹本"的区别：诸天之外有一切事物的原本，因为是永恒的、非物质性的，所以是完美无缺的，而人间的事物都是原本的摹本，一个原本可以有无数个摹本，就像一个蛋糕模具可以制作出无数个蛋糕一样。摹本是物质性的，有着成、住、坏、灭的过程，不能永恒存在，所以相对原本来说，每个摹本或多或少都有一些缺陷。曾经追随诸神巡游在诸天之外的灵魂因为见过原本，虽然之后坠落人间，绝大多数都失去了往昔的记忆，但还有少数灵魂保有回忆的本领，能够模糊想起原本的样子。当这些灵魂被人间美好的事物隐约触发了久远的记忆，就会惊喜若狂，像发了疯一样。但他们往往不知道自己为什么会这样，因为他们的记忆太模糊了。

我们就当苏格拉底言之成理好了，但这番话里明明藏着一个破绽，那就是，爱情的迷狂是很常见的，但诸天之外的完美原本显然不仅仅有"美"这一项，还有比如"正义""智慧"，它们难道不比"美"更加值得珍视吗？为什么偏偏很少见到有人因为看到正义和智慧的摹本而神魂颠倒呢？

（2）恋爱的滋味从何而来？

别急，苏格拉底对此还真有合理的解释。在他看来，或者说在他的回忆里，一切灵魂都曾追随诸神的队伍见到过极乐的景象，然后参加了一种秘密的宗教仪式。在那个隆重的仪式上，他们沐浴在最纯洁的光辉里，看到各种完整、单纯、静谧、欢喜的景象，这些景象中除了美，当然还有正义和智慧。但是，当灵魂堕入凡尘，必须借助肉身的感觉器官来认识世界时，这些感官是如此地迟钝，以至绝大多数人只能感受到凡俗而易朽的事物。在所有感官中，视觉器官，也就是眼睛，是最敏锐的，而"美"恰好可以以视觉形象呈现出来，被我们看到，并且，幸运的话，这些形象能够唤醒我们对永恒之美的模糊回忆。至于正义和智慧，它们无法显现出清晰的形象，所以很难被我们觉察。

这样的解释也算可以自圆其说了，但还是不能彻底消除我们的疑惑。我们当然会问："当一个人陷入恋爱迷狂的时候，对美的渴望为什么常常表现为性欲的冲动呢？那些宅男宅女对着明星犯花痴，哪有半点超凡脱俗的样子？"

没错,所以苏格拉底继续解释:如果灵魂受了污染,或者因为沉沦得太久,淡忘了自己在那场秘密仪式里看到的景象,人就会变得迟钝,就算在偶像明星身上看到"美"的优质摹本,也不能触发自己对"美"本身的回忆。这个时候,人们就没法保持敬畏之心来看待"美"了,只会把自己抛进淫欲里,像畜生一样放纵自己,不顾羞耻,追求不自然的快乐。而那些新近才参加过秘密仪式的灵魂不一样,他们更容易被"美"的优质摹本触发回忆。当他们看到真正美丽的、如神明一样的面容和身体时,他们就会浑身发抖,仿佛从前在诸天之外挣扎时的惶恐再一次侵袭过来。他们凝视着美丽的形象,打从心底里生出了一种虔诚的感觉,他们敬畏"美"如同敬畏神明。如果不是怕别人说他们发疯,他们一定会对着恋人焚香祷告,如同面对神明一样。当身体不再颤抖了,他们会无缘无故地发起高烧,浑身冒汗,这是因为"美"发射出来的东西穿过了他们的眼睛,在他们的体内产生了热量,让灵魂的羽翼得到了滋养。在这个过程里,灵魂周身沸腾躁动,正如婴儿刚刚长出牙根时又痒又疼那样。而一旦离开了恋人,灵魂就失去了养料,羽翼的毛根干枯起来,堵塞了新生的羽毛,这会使灵魂感到遍体刺痛,只有回忆起恋人的美,疼痛才可以舒缓一些。正是因为这个缘故,所以灵魂绝不会放弃爱情。灵魂会把美貌看得高于一切,所以,热恋中的人不但会忘记父母,也不在乎财产的损失,从前引以为傲的风度和礼仪也一概不管了,只要能挨着恋人躺下,哪怕天塌地陷、山崩海啸,一切都无所谓。人们把这样的经历叫作厄洛斯(Eros)。

厄洛斯与爱欲：不变的主题，多变的领悟

（1）厄洛斯形象的演变

苏格拉底所谓的厄洛斯，就是我们熟知的丘比特，但厄洛斯这个词在希腊语里还有"宇宙起源"的意思，这会是什么缘故呢？这位小爱神是小男孩还是小女孩呢？诸天之外虽然无形却能被灵魂看到的"美"到底是怎样一种存在？

我们先看前两个问题。《斐德罗篇》中提到的厄洛斯有一点一语双关的意思，既指爱神，也指爱情。在我读的英译本里，厄洛斯就是直接翻译成爱情（love）的。我们最熟悉的小爱神是一个长着翅膀、手持弓箭的胖小孩，他的妈妈是希腊神话中爱与美之神阿佛洛狄忒，也就是我们熟悉的罗马神话中的维纳斯。传说阿佛洛狄忒有一次为了逃避怪兽的攻击，变成鱼躲到河里，之后她发现忘记带上自己的儿子厄洛斯一起逃走，于是又上岸找到厄洛斯。为防止与儿子失散，她将儿子的脚与自己的脚绑在一起，随后他们化为鱼形，潜进河中，她和厄洛斯化身的绑在一起的两条鱼则被称为双鱼座。这就是双鱼座的来历。因为双鱼座的双鱼中一个是大爱神的化身，一个是小爱神的化身，所以双鱼座的人才被认为是浪漫多情的。但在希腊的一些原始神话故事中，厄洛斯应该算是

资历最老的天神之一，在他呼风唤雨的时候，阿佛洛狄忒还不存在呢。宇宙本来一片混沌，就在这片混沌中，厄洛斯就像孙悟空一样无父无母地出生了，然后他和混沌交合，生出了万事万物，万物彼此交合，这才有了天地、海洋和诸神。从这个意义上说，厄洛斯是没有性别的，甚至没有位格和形象，只是宇宙中的一种原动力，而这种原动力就是生殖的冲动。我们看后期的希腊神话，宙斯作为主神，从来都不是人类的道德楷模，整天寻花问柳，和各种女神和女人生下数不清的私生子，如果不是流氓成性，就没有被人崇拜的资格。

随着神话体系越来越复杂和细致，厄洛斯终于变成了一个乖巧的胖小孩，在诸神舞台上退居次要地位。雅典人可能觉得这很容易混淆，就把厄洛斯明确分为两位神灵，一个是创世神，另一个是小爱神，分别拜祭。从神的属性而来，希腊语的厄洛斯（Eros）便有了"性爱"的含义。后来这个词进入英语系统，"ero"成为很多和色情相关的词语的词根，比如常用词有"erotic"（色情的），不太常用的词有"erotology"（色情文艺）。

巧合的是，厄洛斯后来还发展成了俊美的青年造型，和人间美女塞姬（又译普赛克）发生了一场奇诡的恋爱。塞姬的名字"psyche"同时也是"灵魂""精神""心理"的意思，进入英语体系以后成了词根，"psychology"（心理学）、"psychiatry"（精神病学）、"psychoanalysis"（精神分析），这些词都是从"psyche"构建来的。词源学为我们揭示出了一个很重要的象征意义：塞姬对厄洛斯的追求，同时也是灵魂对爱欲的追求。

安徒生有一篇童话，题目就叫《塞姬》，很适合拿来做《斐德罗篇》的补充读物。这篇童话故事说的是一位贫穷又不谙世事的青年艺术家偶然见到伯爵家的小公主，立刻陷入美的迷狂，认为她就是拉斐尔画过的塞姬。艺术家的天分因此沸腾起来，他创作了一尊精美的雕像。在他把雕像送给小公主的时候，又禁不住陷入爱情的迷狂，有些失态，结果被小公主痛骂了一顿。绝望之下，青年艺术家把雕像扔进井里，从此再不创作，出家修行去了。几百年后，人们偶然挖出了那尊塞姬雕像，被它的美丽深深震撼了，但没人知道它的创作者和它的来历，只有天上的明星才见过它背后的一切喜悦与悲伤。

顺便说一句：我总觉得安徒生的童话是写给成年人看的，比莎士比亚的悲剧更有悲情色彩。我倒宁愿今天的小孩子们多看一些浅显而快乐的故事，家长也不要因为名著的光环就轻易买来安徒生童话给孩子看。

（2）人的异化与解放

"Eros"这个单词在20世纪又流行了起来，因为它成了弗洛伊德精神分析理论中的一个关键词，中文一般翻译成"爱欲"。弗洛伊德在他的名著《自我与本我》(*The Ego and the Id*, 1923)里把人的本能分成两类，一类是性欲和自我保护的本能，称为"Eros"，另一类是攻击本能。大概是为了好记，这两类本能也被称为生的本能和死的本能。出于修辞方面的考虑，死的本能又被称为桑纳托斯（Thanatos），这是希腊神话里死神的名字，和作为生的本能的厄洛斯（Eros）形成对偶关系，显得既文艺又委婉，就像恋母情结和恋父情结也被称为俄狄浦斯情结和厄勒克特拉情结一样。

既然提到《自我与本我》这部名著，这里就顺便讲一下，弗洛伊德所谓本我、自我、超我的理论其实就是对柏拉图灵魂观的重新演绎。前面讲过，灵魂好比一辆马车，有两匹马和一名车夫。你很容易就能发现：坏马就是本我，好马就是超我，车夫就是自我。新理论只是旧学说的变形，而且弗洛伊德理论的科学性并不比柏拉图的强出很多。

因为弗洛伊德,"eros"的含义被拓展了,不再仅限于性欲,也包括一般意义上的对各种快感的追求。20世纪60年代,美国社会学家马尔库塞发表了他的名作《爱欲与文明》,英文原名是 *Eros and Civilization*。马尔库塞是一位坚定的马克思主义战士,他在这部书里结合了马克思主义和弗洛伊德的学说畅谈人类的解放前景。对马克思主义我们都很熟悉,马克思的人类解放论大意是说,人被资本主义异化了,不再是活生生的、完整的人,而是变成了流水线上的螺丝钉,要想使人获得解放,就必须打碎资本主义。解放之后的人不再把工作当成工作,而是当成生活的第一需求,也就是说,哪怕今天该放假了,你在家里也会茶饭不思,非要去上班不可,至于有没有加班费,这有什么所谓呢?

想到这样一种很诱人的社会前景,马尔库塞的态度是,只靠马克思主义还不够,必须加上一些弗洛伊德的理论才好,因为马克思所谓人从异化中求解放,可以说人的解放就是劳动的解放,劳动的解放其实就是爱欲的解放。劳动是最基本的人类活动,如果在这种活动中,爱欲能够得到充分释放,人就能获得稳定而持久的快乐。马克思没说清楚为什么人在摆脱异化之后会把劳动作为生活的第一需求,但只要借助弗洛伊德的爱欲理论,问题就完美解决了。这就好比你原来是车间流水线上的工人,每天的工作就是站在固定的位置给传送带送来的每个零件拧一颗螺丝钉,就像卓别林在《摩登时代》里的表演那样,但马尔库塞把你调到一个新的岗位,那里除了工资优渥、时间自由、环境舒适,工作内容就是在顶级的设备上玩你最喜欢的游戏。你之所以沉迷于新的工作,是因为你的爱欲在这里得到了充分的释放,新的工作让你感受到最大限度的愉悦。

但你也许会生出一个疑惑:"我为什么要受爱欲的驱使呢?就算刚开始我很满足,但用不了几个月我就会腻了吧?"

马尔库塞会说:"那无所谓。腻了的话,还有很多很刺激的工作,你可以随便挑。"

我们假定社会真能给你提供这样的条件，但你真的会一直满足下去吗？

如果你有了这样的疑惑，我们久违的叔本华一定会把你引为同道的。让我们回顾一下叔本华的《作为意志和表象的世界》，"意志"和"爱欲"或者"厄洛斯"，还有王国维在《人间嗜好之研究》里提到的"生活之欲"和"势力之欲"，本质上其实是一回事。从希腊最古老的神话和宗教到柏拉图，从柏拉图到叔本华，又从弗洛伊德到马尔库塞，大家都在关注同一个主题，只不过切入的角度和解决问题的路径各不相同。

现在让我们来看第三个问题：诸天之外虽然无形却能被灵魂看到的"美"到底是怎样一种存在？这个问题将在下一章里讨论，不过这里可以提供一个线索：在厄洛斯创造宇宙的时候，材料都是现成的，也就是一片混沌，是他通过爱欲使阴阳交合，从混沌中创造了万事万物。但混沌是从哪里来的呢？你可以参考一下《圣经》，在《旧约·创世记》的开头，神创造天地。这是真正的无中生有，神按照自己的形象创造了人，问题是，神又是按照什么形象创造万事万物的呢？

第五章
《人间词话》的哲学基础（五）

柏拉图的理念论：
神在创世之前到底想了些什么？

（1）如果人的原型是上帝，那么花的原型是什么？

上一章插入了柏拉图的《美诺篇》，如果继续探讨《美诺篇》的主题，我们应该转向《泰阿泰德篇》才对，但那样的话，就会偏离我们的主线。所以我们又很快回到《斐德罗篇》，继续"迷狂"的主题，把"迷狂"主题里的"厄洛斯"单独拿出来展开，给你串起哲学、美学和宗教的一条脉络。

如果你有兴趣去读《柏拉图对话录》的话，我的建议是不要太认死理，不妨借用诸葛亮"观其大略"和陶渊明"好读书而不求甚解"的方法，多沉浸，多感受，这是因为柏拉图的很多阐述其实都不够清晰，对很多问题也都采取"只破不立"的态度，就像我在讲佛学的时候讲到的龙树和提婆的风格一样。他更在意的是启发你思考，而不是教给你一二三的知识点。再有一点，柏拉图虽然不是文学家，但很有戏剧天分，他在《对话录》里创作的角色总是活灵活现的，你完全可以用看戏的心态去读，不要把它当成正儿八经的哲学论述和高头讲章。

上一章讲到，在厄洛斯创造宇宙的时候，材料都是现成的，也就是一片混沌,是他通过爱欲使阴阳交合,从混沌中创造了万事万物。但混沌是从哪里来的呢?你可以参考一下《圣经》,在《旧约·创世记》的开头,第一句就是"起初,神创造天地",接下来说"地是空虚混沌,渊面黑暗"。这就意味着,神的创世属于无中生有,先从一无所有中创造了混沌状态的天地,这样一来,构成万事万物的基本材料就有了。接下来,神在第一天创造了光,从此有了昼夜交替。第二天,神创造了苍穹,水被分隔成苍穹以下的部分和苍穹以上的部分。这话在今天看来有点费解,但古人可能就是这样来理解天上的雨水和地上的江河湖海的关系的。第三天,神让陆地从水里显露出来,让土地上长出丰富的植物。第四天,神创造日月星辰,把它们安放在苍穹之上。你可能会疑惑,如果日月星辰在第四天才出现,那么第一天的光是从哪里来的呢?而且,为什么在太阳还没有出现的第三天就已经有陆地和植物了呢?

正是因为这样的问题不断出现,所以基督教虽然只有一部作为经典的《圣经》,但还有数量非常丰富的神学论著,在不同的时代,针对不同知识层次的人,给出不同的解答。我们常用"博大精深"这个词来形容中国文化,但只要读几年神学,你就会惊叹神学体系的博大精深不比中国文化逊色半分。以我自己的读书体会来说,凡是带有神学性质的知识体系,哪怕名义上是和神学无关的,甚至是反神学的,都会演变成博大精深的样子。

话说回来,我们再看第五天,神创造了水里的鱼和天上的鸟。第六天,神创造陆地上的动物。终于轮到人类了:"神说:'我们要照着我们的形象,按着我们的样式造人。'"这里的"我们"是一个耐人寻味的词,为什么会是复数形式,神学家们给出过很多解释。你最容易想到的一定是"三位一体",但是,神学里的任何一个小问题都没有那么简单。但这不是本章的主题,所以我就不展开讲了,现在你只需要关注这样一个问题:神在造人的时候是以自己为原型的,你应该还记得上一章讲过的《斐德罗篇》里"原本"和"摹本"的关系,如果套用这对概念的话,我们可以把人理解为神的摹本,那么,上到日月星辰,下到花鸟鱼虫,都是以什么为原型创造的摹本呢?换句话说,神在造物的时候,心里都是怎么盘算的呢?如果他想创造一朵花,心里总该先有一朵花的样子吧?

世界上的各种神创论或迟或早都会遇到这个问题。不管你相信宇宙是由哪位大神创造的,他在进行创造的时候总该先有构思才对。如果我们可以斗胆揣摩神的心思的话,他在进行创造活动的时候应该是这么想的:"我想到了一种很美丽的造型,姑且把它叫花好了。它应该是如此这般的。好吧,就这样定稿了。我既然无所不能,我就照这个样子把它造出来吧。用什么来造呢?世界上既然已经有了这么多混沌的物质,正是称手的材料啊。"神说干就干。于是,世界上就有了花。

(2) 理念论的逻辑

只要你持神创论的立场,就会觉得这个思路非常合情合理。柏拉图就是这么想的。但为什么柏拉图会持神创论的立场呢?一来,那是古希腊的传统;二来,他对神创论有很合理的证明。我们可以把他的证明过程简化一下,大意是这样的:我们能想到完美的直线,我们还发现现实世界里根本不存在这样的直线,我们还都相信一切知识必然来自经验,那么,我们怎么会有完美直线这种从未经验过的知识呢?显然这是我们从前世的经验里带来的记忆,在今生被回忆起来。但如果前世的我们也生活在一个和当下的世界类似的物质性的,有着成、住、坏、灭的世界里,那么同样不可能见过完美的直线。所以,完美的直线不可能存在于物质性的现实世界里,而只能存在于永恒的世界里。物质性的现实世界里没有永恒，永恒只能存在于诸天之上。而既然我们沉重的肉身永远飞不上天，那么我们的灵魂一定到天上去过，在诸天之外亲眼看见过那个永恒的世界。既永恒又完美的世界一定有个来源，只有同样既永恒又完美的神才能造出来。

现在请你抛开所有的现代知识，假想自己是柏拉图的同伴，你能从他的思路中看到什么破绽吗？

真的有一个很大的破绽，那就是，神的创造工作虽然很了不起，但用到的材料太普通了，无非那些混沌物质，既然用到的材料都是物质性的东西，物质性的东西必然有成、住、坏、灭的变化，怎么可能构成既完美又永恒的东西呢？你不妨把神想象成一位冰雕艺术家，他确实心灵手巧，随便做出来的一个冰雕都是完美的，增之一分则太长，减之一分则太短，著粉则太白，施朱则太赤，但是，冰迟早会化成水，即便在南极，冰雕也抵御不住风的侵蚀。

柏拉图该怎么修正自己的理论呢？他也许会说神无所不能，肯定能用物质材料创造出永恒而完美的东西，但这和观测数据太不相符了。神如果真有这两下子，心肠还好的话，为什么造出来的物有成、住、坏、灭的特性？造出来的人有生、老、病、死的体验呢？但如果说神受限于客观条件，已经尽力了，只能造出这样一个充满缺陷的世界，我们心里的那些对完美事物的回忆又是从何而来的呢？

这就能推出两个结论：完美世界肯定存在；完美世界不可能是由物质构成的。那我们就要问了：这样一个既完美又永恒的世界，还不是由物质构成的，难道是一个精神世界吗？

没错，借用福尔摩斯的招牌式台词：当你排除一切不可能的情况，剩下的，不管多难以置信，那都是事实。那个世界必然是精神世界，具体来说，就是神在创世时的各种构思。先有了这些构思，才有了我们看得见、摸得着的这个物质世界。这个观点就是柏拉图哲学里最著名的理念论。

唯物主义、唯心主义、现实主义、理想主义，这些大词到底是什么意思？

(1) 理念、理想和理型

理念论算不算唯心主义？

这个问题貌似很简单，如果连理念论都不算唯心主义，那还有什么能算？但这个问题还有复杂的一面，那就是，理念论和唯心主义可以是等价关系，也就是说，理念论就是唯心主义，唯心主义就是理念论。

我们从小就知道唯物主义和唯心主义的二分法。年纪大一点的人应该都有印象，"唯心主义"经常和"形而上学"搭配在一起挨批评，是一对难兄难弟。这些词我们看了很多年，用了很多年，但它们到底是什么意思，其实绝大多数人都搞不清。我既然讲到了理念论，就借这个机会把这些概念帮你梳理一下。

理念，在英文里叫"idea"或者"form"，也就是"构思"或者"形式"，也会被译成"理想""理型"或者"理想型"。英文的"idea"是从希腊语表示"看"的词借用来的，是个不折不扣的外来语。"理念论"在英文里写作"the theory of idea"，其实它还可以写作"idealism"。你一定认识"idealism"这个单词，它最常见的意思是"理想主义"。

在文学上，与它相反的概念就是"现实主义"（realism），而在哲学上，它的中文表达就是"唯心主义"，相反的概念就是"唯物主义"（materialism）。所以我才会说理念论就是唯心主义，唯心主义就是理念论。

"materialism"的词根是"material"（物质），所以，从构词法直译的话，"materialism"应该翻译成"物质主义"，而在日常语言里，"materialism"的含义确实就是"物质主义"，这是一个带有贬义色彩的概念，形容人只追求物欲享受，既不在乎道德，也不在乎精神需求。当你理解了这个意思，就能明白"唯物主义"在西方文明里为什么总是被人轻视。没错，因为这些外国人把哲学概念里的"唯物主义"和日常语言里的"物质主义"混淆。为什么他们会把"唯心主义"当成褒义词呢？很简单，因为他们把哲学概念里的"唯心主义"和文学与日常概念里的"理想主义"混为一谈了。

让我重复一遍，"idealism"既可以指柏拉图的理念论，也可以指哲学上的唯心主义，还是文学和日常用语里的"理想主义"，而"materialism"既是哲学上的唯物主义，又是日常概念里的物质主义。一词多义造成了很多混淆，又因为很多混淆，造成了很多误解和偏见。

从文学意义上讲，有一句大家都很熟悉的话是"文学既要源于生活，又要高于生活"，那么"高"到什么程度呢？如果高到完美无瑕的程度，那就属于理想主义。年长一点的人可能读过浩然的长篇小说《金光大道》，主人公就叫高大泉，只不过用"泉水"的"泉"替代了"完全"的"全"。但是，现实生活中真有"高、大、全"式的人物吗？当然不可能，谁都知道"人无完人"。但是，这并不妨碍"高大全"在理想中的存在，成为我们追求的目标。如果请柏拉图评价"高、大、全"的文艺理论，他应该会说："没错，'高、大、全'就是理念，或者说是理念世界中的一个完美原型。"当你换到这个角度来看，就会发现柏拉图作为理念论的"idealism"和文学概念里作为理想主义的"idealism"其实是一脉相承的。

那么,文学创作时应该怎样去捕捉"高、大、全"的理念呢?你可以回想一下上一章讲过的《斐德罗篇》中关于爱情的内容:当你爱上一个人,陷入爱的迷狂,那就意味着你从恋人的身上看到了"美的理念"的一些痕迹,你的灵魂回忆起曾在诸天之外的所见,而你那时所见的,正是神在创世时的各种"idea",也就是非物质的、永恒而完美的构想。文学创作可以遵循同样的途径,由现实世界里的一些事物触发回忆,进而摹写理念世界。现在,你又可以回到我们先前讲到的《人间词话》,重新理解"虽写实家,亦理想家"这个观点。

王国维对柏拉图并没有什么研究,但他对叔本华做过很多研究,而柏拉图哲学,尤其是理念论,正是叔本华哲学的一大基础。叔本华对柏拉图的理念论做了一些无伤大雅的改造,这一点我们稍后再讲。接下来让我们看看唯物主义和唯心主义到底有什么区别。

(2) 唯物与唯心

你可以先想想唯物主义和现实主义有什么区别。在我们很多人不求甚解的认识里,这两个词同属一个阵营,打虎亲兄弟,其实还真没这么简单。在文学和日常概念里作为"现实主义"的"realism"在哲学概念里叫作"唯实论",和它对立的概念叫作"唯名论",英文写作"nominalism"。这一对概念的关系我在前面讲过,这里就不再赘述了。但你要知道,如果拿这对概念来分析柏拉图的理念论,结论就是,理念论属于唯实论,因为它认为理念不是人们从具体事物中抽象出来的名词概念,而是实际存在的东西。如果你持相反的看法,那你就是一个唯名论者。

现在你会发现,"realism"和"idealism"才是同一个阵营里的,而"idealism"和"materialism"是相对的概念,所以,"realism"和"materialism"非但不会是同一个阵营里的兄弟,反而是会斗得你死我活的仇家。但是,当我们把"realism"和"materialism"都作为日常语言来理解的时候,它们竟然又变成兄弟了,而"realism"转而又和"idealism"反目成仇。

说到唯物主义和唯心主义最根本的区别,那就是物质和意识哪一个排第一。简单讲,认为物质先于意识的就是唯物主义,反过来,认为意识先于物质的就是唯心主义。再往深一步讲,唯物主义认为物质是本体,是真实的存在,于物质中产生意识。唯心主义认为意识是本体,是真实的存在,从意识中产生物质。现今大多数中国人是在唯物主义的传统里长大的,自然就会觉得唯心主义很荒唐。但西方传统刚好相反,所以彼此都很难理解。

唯心主义首先有神创论作为前提,比如上一节讲到的柏拉图理念论就很典型,也有一套周详的逻辑,可以自圆其说。但你应该想到,随着社会的进步、科学的昌明,神创论的市场越来越小,即便很多虔诚的信徒把《创世记》当成寓言来理解,但也没见唯心主义市场萎缩。比如,前面讲的休谟和康德,他们都是反对神创论的,休谟甚至被当成无神论者受过威胁和迫害,但他们竟然都是唯心主义哲学家,这是为什么呢?

原因很简单,虽然唯心主义的出现是和神创论相随的,但抛开神创论,唯心主义照样可以成立。举一个你熟悉的例子:如果你了解佛学,就会知道佛教是主张缘起论、否定神创论的,但佛教里的一些宗派,比如华严宗,就属于旗帜鲜明的唯心主义,认为所谓物质世界其实只是心理世界,所以,毛孔和城市一样大,高山可以藏进一粒米中。至于我之前讲到的休谟、康德、叔本华,他们虽然没有华严宗这么极端,但都认为物质世界只是我们的感官呈现给我们的"现象"。你可以回想一下叔本华的那句名言:"世界是我的表象。"

所以直到今天,唯心主义在纯哲学的领域依然屹立不倒,我们甚至想不到它有任何被驳倒的可能。如果你觉得这不可思议的话,那就请你问自己一个很简单的问题:"我真的存在吗?"

我们又回到"诸法无我"这个老问题了。你思考得越深就越容易怀疑自己到底是不是真的存在着。在西方哲学史上,"无我"问题同样是个经典问题,关于这个问题,最有力的怀疑和最有力的论证都出自笛卡儿。你一定知道"我思故我在"这句名言。那么,"我思"真的足以证明"我在"吗?

"形而上学"到底是什么?

(1) 道与器

"形而上学"在中文里的直接出处是《周易》,原话是"形而上者谓之道,形而下者谓之器"。这里的"形",是形象、形状的意思。一切有形的东西都是具体的东西,比如你戴的手表、你住的房子。这些具体的、有形的东西,都属于"形而下者",那么反过来,抽象的、无形的东西就是"形而上者"。你的手表为什么能计时?你的房子为什么能遮风蔽雨?这背后都有抽象的规律在,这些规律就属于形而上的学问,也就是"道",也就是形而上学。

中国传统里很重视"道"和"器"的二分法。如果你的水平只停留在"器"的阶段,你的发展潜力就很有限。比如,你能胜任A公司的前台工作,但把你换到B公司做前台,你就不知所措了。这就意味着,你的能力过于具体了。但如果你上升到"道"的层次,就可以举一反三、一通百通,随便换到任何一家公司做前台,你都能胜任。如果你基于"道"的层次更上一层楼,你还能掌握更抽象、更有普遍性的规律,从一家公司的前台工作中领悟出待人接物的一切要领,那么哪怕让你去做一份从没做过的工作,但只要它是和人际关系高度相关的,比如治理天下,你或许就可以无师自通。

这就是孔子推崇的"君子不器",这方面的榜样就是儒家尊崇的圣人大舜。大舜明明只是穷小子出身,既没学问又没眼界,偏偏做什么像什么,就算突然被提拔当领导,他也能表现得好像自己在这个岗位上已经干了一辈子一样。如果我们来总结大舜的成功经验,就可以说他对"形而上"的知识有着超常的领悟。但是,中文里有"形而上"的说法,有"道"的说法,并没有"形而上学"的说法。

确定"形而上学"这个名称的是日本明治时代的哲学家井上哲次郎。当时西学东渐,日本大量译介西方经典,井上哲次郎从《周易》取材,把亚里士多德的名著 Metaphysics 翻译成《形而上学》,意思是"研究形而上的学科"。后来这部书传到中国,中国的翻译大师严复很排斥日本人的译法,他把 Metaphysics 重新翻译成"玄学",结果谁也没压倒谁。今天我们读西方哲学的中译本,"形而上学"和"玄学"都是其中常见的词,不知道来龙去脉的话还以为这是两个不同的概念。

无论如何,最终还是井上哲次郎的译名胜出了,今天我们看到亚里士多德那部 Metaphysics 的中译本,译名基本都叫《形而上学》。不过在西方世界,Metaphysics 这个书名本身的来历就是一场乌龙。公元前1世纪,学者编辑亚里士多德的遗著,把这部分手稿排在《物理学》手稿的后边,原稿中这部分并没有题目,编者也没想好该怎么取名,就暂时写上"排在《物理学》之后的若干卷"。这话是用希腊语写的,后来罗马人整理这部书,用拉丁语改写成 Metaphysica,这个名字后来就在西方世界沿用下来,到了英语里就变成了 Metaphysics。词的前缀"meta"既有"在……之后"的意思,又有"超越……"的意思,学者们舍简易取深刻,Metaphysics 的意思就这样从"排在《物理学》之后的若干卷"变成了"超物理学"。

这也不能全怪学者们粗心,因为这部书里讲的内容真的属于"超物理学",诸如"存在"到底是什么,"实体"到底是什么,"一"和"多"到底是什么关系,事物存在的原因是什么,终极原因又是什么。这些问题如果用英文表达,就是 Be 和 Being 的问题。所以,哈姆莱特最著名的台词"to be, or not to be"的含义不仅仅是"生存还是死亡",否则就可以说成"to live, or to die"了,但中文只能这样翻译。

你肯定会问:"这不都是哲学研究的课题吗?"

没错,这都是最基本的哲学课题,所以"形而上学"和"哲学"这两个词有些时候可以等价互换。

(2) 形而上学与辩证法

"哲学"这个词也是日本人借用汉语的发明,用来翻译 philosophy 这个词。philosophy 的词源同样要追溯到希腊语,原意是"爱智慧"。如果追溯得再早一点,希腊语的"哲学"一词来自"神话"这个词,两者是同源的,甚至可以说就是同一回事,只是后来经过苏格拉底、柏拉图、亚里士多德的努力,才终于使"哲学"脱离"神话",成为一个独立而高贵的名词。

当时日本翻译西方经典并没有什么统一的翻译标准,借用中文来表达 philosophy 的译名五花八门,比如有"理学""性理学",让人怀疑这些西方经典是朱熹的书。物竞天择之下,"哲学"一词最后胜出。

所以当我们要分辨"哲学"和"形而上学"的区别时,可以看看 philosophy 和 metaphysics 的区别。显然前者的含义更宽泛,诸如人生哲学、政治哲学,都可以归入 philosophy,但不能归入 metaphysics。就连自然科学原先也属于哲学,比如牛顿的名著《自然哲学的数学原理》,那些惯性定律、万有引力、行星运行轨道等,都不是"科学"（science），而是"自然哲学"（natural philosophy）。这么一来牛顿当然也不是科学家了，而是一位自然哲学家。要等到牛顿死后一百多年，英语里才出现"科学家"（scientist）这个词。"科学"（science）这个词倒是早就有了，来自拉丁语，意思是"知识"，和来自古英语的"knowledge"原本是同义词。

这里顺便讲一句，把science译成"科学"也是日本人借用汉语来译的。古汉语里直接就有"科学"这个词，含义是"科举之学"。但科举为什么叫科学呢？是因为要分科考试，比如一位唐朝考生要想好该报考哪一科，是明经科还是进士科。而science作为现代科学，一大特征就是学科越分越细，专业性越来越强，所以在分科之学的意义上被称为"科学"。

你可以把所有的学问想象成一棵大树，作为基础的树干肯定只有一根，而树枝越分越多。狭义上的"形而上学"曾经就是这根树干，它是更基础、更抽象、更有本原意义的哲学。正是因为这个缘故，"形而上学"也被称为"第一哲学"。如果没有坚实的"第一哲学"做基础，那么各种人生哲学、政治哲学，甚至自然哲学，就都变成了"空中楼阁"。

比如牛顿的《自然哲学的数学原理》，第三卷中的"研究哲学的规则"，一共给出四大规则，其中有这么一句话："所有物体的每一最小部分是广延的、坚硬的、不可入的，可运动的且具有惰性力，这是整个哲学的基础。"如果能请亚里士多德主义者来评价一下的话，他们应该会说："没错，这就是形而上学。"

我再换个角度举个例子。比如，我们说"己所不欲，勿施于人"是孔子教导我们的人生哲学，我们应该照着做。但为什么要照做呢？如果你的回答是"因为照做会有好处"，那么你就沦为功利主义者了，无利不早起而已，一点都不高尚。如果你回答"因为照做的话，全社会都会变好"——能做出这个回答的你一般就算是很高层次了，但放到西方哲学里来看的话，你仍然是个功利主义者，你的动机不过是为了谋求世俗意义上的利益而已。再说你怎么能证明这样的结果真的好呢？还有，所谓"勿施于人"，到底谁才算人呢？奴隶算不算人？"女子与小人"算不算人？异教徒算不算人？反动派算不算人？"人"的定义在历史上从来就没有一以贯之的标准。而且，如果我们采用佛陀对"无我"的证明，完全能证明出世界上从来没有一种叫作"人"的东西。所以我们先要在第一哲学里找到基础性的答案，比如我们发现世界是神创造的，神是至善至公的，那么我们只要按照神的旨意做事就好了，或者像康德那样找到所谓"定言令式"，非得如何去做不可。

笛卡儿《第一哲学沉思集》(上)：
一切梦幻与想象都来自经验元素的拼接

(1) 辩证法

为什么"形而上学"在今天很多人的心目中是个贬义词呢？

这个原因主要出在黑格尔那里。黑格尔认为形而上学是一种静态思维，很教条、很机械、很片面，所以，他用了一套动态思维，也就是辩证法，来取代传统的形而上学。马克思的辩证法就是从黑格尔的辩证法来的，而我们从小又深受马克思主义的影响，或多或少都学过唯物主义辩证法，所以，很多人常常把形而上学等同于静止的、片面的、僵化的教条主义。

这里又出现了一个熟悉的词：辩证法。其实在前面的内容里，你已经见识过辩证法了：苏格拉底那一套只破不立、不断反诘的提问手段就是原始形式的辩证法。他总会先顺着对方的话说，说着说着就提出一个矛盾，逼着对方必须找到化解矛盾、自圆其说的新说法，就这样层层推进，终于把对方逼到死角。这个方法也被称为思想的助产术，所以，苏格拉底不认为自己是个原创型的哲学家，而是哲学的接生婆。在《泰阿泰德篇》里，苏格拉底说自己是一位接生婆的儿子，从母亲那里学到了这门手艺，只不过把它用在了思想的接生上。

辩证法的含义不断发生改变。我在前面讲过康德的二律背反，康德就把它叫作辩证法，因为在从正题和反题分别推出矛盾之后就该想办法化解这个矛盾了，让见解更进一层。到了黑格尔那里，辩证法又在思维方式之外有了宇宙规律这一层含义。然后从黑格尔到马克思，就有了我们熟悉的唯物主义辩证法。

有的人可能学过毛泽东的《矛盾论》。《矛盾论》中有两句话和我们上一节的内容特别相关：第一句是，"在人类的认识史中，从来就有关于宇宙发展法则的两种见解，一种是形而上学的见解，一种是辩证法的见解，形成了互相对立的两种宇宙观"；第二句是，"形而上学，亦称玄学，这种思想，无论在中国，在欧洲，在一个很长的历史时间内，是属于唯心论的宇宙观，并在人们的思想中占了统治的地位"。

所以，辩证法也好，形而上学也好，和前面讲到的那几个哲学大词一样，含义并不单纯。当你看到这些概念的时候，首先要做的就是把上下文的语境搞清楚。

现在让我们来看一下前面留下的问题。在西方哲学史上，"无我"问题同样是个经典问题，最有力的怀疑和最有力的论证都来自笛卡儿。你一定知道"我思故我在"这句名言。那么，"我思"真的足以证明"我在"吗？

(2) 作为哲学家的数学家

笛卡儿是16世纪至17世纪的法国人，近代哲学就是由他开始的。"我思故我在"来自他的哲学名著《第一哲学沉思集》。现在看到"第一哲学"这个词，你就该知道它也可以翻译成"形而上学"。这部书还有一个副标题，叫作"论上帝的存在和人的灵魂与肉体之间的实在区别"。所以，得出"我思故我在"这个结论只是笛卡儿的第一步，接下来，他还会从这个结论出发，论证上帝存在和灵肉之别。只不过后半段的内容既不够扎实，而且很快就淡出了哲学世界，所以，今天我们提到笛卡儿的名字，基本上只能想到"我思故我在"这句话了。

我在前面讲过，欧洲文明的进程很大程度上是由富二代推动的，笛卡儿也是一个富二代。当年的富二代有一个很特殊的共同点，那就是医学不发达，爹妈很容易早死，所以，富二代们往往在很年轻的时候就可以独立支配大笔遗产，想玩什么就玩什么。笛卡儿和他的晚辈叔本华一样，都想玩哲学。因此，我们可以借助辩证法来一分为二地看待医学进步在整体上对人类文明的影响。

你在读初中的时候一定学过笛卡儿在哲学之外的一项思想遗产，那就是解析几何，用横坐标轴和纵坐标轴来解决问题。数学能力强的人一旦去搞哲学，都会特别重视论证的严密性和前提的可靠性，笛卡儿也不例外。他的哲学起点是一个很单纯的问题：哪些知识才是可靠的？

笛卡儿年轻的时候在名校读书，接受过第一流的教育，但他越来越感觉那些古典文献里讲的知识不太靠得住。怎么办呢？中国人的办法是，"读万卷书"之外还要"行万里路"。笛卡儿还真是这么做的，没几年就变成了一个走南闯北、阅历丰富、相识遍天下的人。普通人如果有了这样的阅历和人脉，总会感到羽翼丰满，想去建功立业，但笛卡儿既不缺钱也不缺地位，只想找到可靠的知识。因为这个缘故，他的阅历越丰富，失望也就越多，因为现实生活里的各种意见分歧比学术圈里更激烈，更混乱。看来经验、榜样、习惯也和古典文献一样，就是一团乱麻而已，要找真理只能从自己的理性出发。

我们可以参看《人间词话》中的一段内容：

> 客观之诗人，不可不多阅世。阅世愈深，则材料愈丰富、愈变化，《水浒传》《红楼梦》之作者是也。主观之诗人，不必多阅世。阅世愈浅，则性情愈真，李后主是也。

中国读者很难理解这段话，因为在我们的常识里，文学创作总是需要创作者深入生活，体验生活，阅历越丰富越好，但在王国维看来，这个道理只对"客观之诗人"适用，对"主观之诗人"并不适用，这是为什么呢？

具体的解释后面再讲，现在你只需要知道这个观点是从叔本华哲学来的，而叔本华的这部分哲学又是从柏拉图的理念论来的，而我们从笛卡儿身上至少可以看到，对阅历的怀疑是西方文明一以贯之的传统，后来的休谟、康德、叔本华或多或少都在继承这个传统。

（3）知识从何而来？

在哲学上，对阅历的怀疑自然会导致对理性的依赖，而一旦诉诸个人理性，一个严峻的问题马上就出现了：我的知识到底都是从哪儿来的呢？

《第一哲学沉思集》就是从这个问题开始的。笛卡儿这样说道："直到现在，凡是我当作最真实、最可靠而接受过来的东西，我都是从感官或通过感官得来的。"

那么接下来的问题就是：感官会不会骗人呢？

当然会，做梦就是最典型也最普遍的例证。当推论进行到这一步时，笛卡儿的思考深度还没能超过庄子，但从接下来的一步开始，他就真的超过庄子了。笛卡儿发现，即便梦里呈现的都是假象，但所有的假象都一定是某种生活真相的摹本，谁都不可能梦见从没见过的东西。

你肯定不服气，会反问笛卡儿："我梦见过一只长翅膀的棕熊，但现实生活里根本就没有这种动物。"但笛卡儿会说："你在现实生活里既见过棕熊，也见过翅膀，你的梦不过是把棕熊和翅膀拼接起来了而已，并没有增加任何新鲜的东西。"

这就意味着，想象力的本质其实是一种拼接能力，无论多么天马行空的想象，拆分开来的话，所有元素其实都是我们亲身经历过、感受过的，完全凭空而来的想象从来都不存在。既然这样的话，即便现实生活只是一场大梦，梦里出现的万事万物也一定存在基本的原型才对。比如说，也许我们的身体并不存在，既然我们能够感知到自己的身体是现在这个样子，那么在真实的世界里至少要有某些基本元素使我们能够在想象里拼接出身体现在的样子。

笛卡儿《第一哲学沉思集》（下）："我思故我在"以及"如果上帝是坏蛋"

（1）另一种摩耶之幕

上一节我们谈到笛卡儿怀疑主义的第一步推理，那就是我们的想象与梦中所见绝不会超出现实生活中的基本经验，奇幻的景象无不来自基本元素的拼接。那么，这些基本元素会是什么呢？会不会是空间、时间和某些基本形状呢？我们怎样才能确切地知道现实生活不是一场大梦呢？

笛卡儿给出的答案是，我们无法知道基本元素都是什么，也无法知道现实生活是不是一场大梦。当然，为了生活的便利性，我们不妨采取实用主义的立场，把生活中的一切都当成真的，而一旦我们深刻地运用理性，就会悲哀地发现，我们无论如何都无法证明现实生活的真实性。

我们知道电影《黑客帝国》，也知道虚拟现实的技术一日千里，而在笛卡儿的时代，神创论一统天下，人们相信至善至公而又全能的上帝不会这样愚弄我们。为什么呢？当然是因为《圣经》里讲了。但是，如果我们理性一点，就会想到一个很可怕的问题，那就是，就算《圣经》里描写的上帝是至善至公的，就算宇宙的开端真的需要上帝的第一推动，但创造宇宙的上帝和《圣经》中描写的上帝真的是同一个上帝吗？那么接下来顺理成章的问题就是：我们凭什么相信创造宇宙的这位上帝是个好心肠的神明呢？

"上帝是坏的"比"上帝是好的"貌似更合理，因为上帝既然是全知全能的，就根本不需要我们人类，不需要但还要创造，可能只是为了好玩吧？当然，天意从来高难问，我们也许揣测不出上帝的心思，但我们完全有理由想到有这种可能性。只要这种可能性一天没有被我们的理性排除，我们就一天都不能掉以轻心，不能把我们的感官经验当成切实可靠的知识。

笛卡儿当真这样想了：如果有这样一个神通广大的妖怪，用尽所有的心机和手段来捉弄我，给我制造出种种逼真的假象，那会怎么样呢？天空、大地、颜色、声音，也许都不存在，甚至连我的手脚、眼睛、血肉也不存在。我所以为的这些存在，也许都是妖怪给我制造出来的幻觉。我必须小心谨慎，不能真的被他骗到。

你对这样一位妖怪应该已经不陌生了，是的，他会让你想到婆楼那神和摩耶之幕。

在《第一哲学沉思集》里，笛卡儿循序渐进，一共提出了六个沉思。第一个沉思以想到妖怪为止，第二个沉思就要去思考"降妖除怪"的办法，它的题目是"论人的精神的本性以及精神比物体更容易认识"。这很颠覆我们的常识，因为在日常生活里，我们都知道人心难测，也都知道物体远比精神容易认识，所以，唯物主义比唯心主义的受众基础更好。但了解过笛卡儿的第一个沉思之后，我们再也不敢确信一事一物了。如果什么都不能信，那么生活和思考都会让人不堪重负。我们要做的第一件事，就是要在重重迷雾中找到一个坚实的基点，然后基于这个基点，用坚实的理性思考不断拓展可靠知识的疆域。

找来找去，一切都不可靠，但总算有一件事可以确定，那就是，无论这个妖怪怎么骗我，作为他的欺骗对象，"我"肯定是存在的。如果我不存在，他骗谁呢，给谁制造出这么多幻象呢？"我存在"，这一点看来是靠得住的。那么，我存在了多久呢？笛卡儿说："我思维多长时间，就存在多长时间。"

你肯定会问："笛卡儿先生，难道您在走神的时候，或者陷入沉睡的时候，就不存在了吗？"

笛卡儿会回答："是的，我无法确证我在那些时候仍然存在。"

这是很彻底也很合理的怀疑精神。我怎么知道今天的我和昨天的我是同一个人呢？也许连昨天本身都不存在，世界是从今天才开始的，我对昨天的记忆乃至更加久远的记忆，都是那个妖怪刚刚放进我的脑子里的。也许他对所有人做了同样的事，也许除我以外的其他人都不存在，都只是我的幻觉而已。即便这些可能性不仅仅是可能性，而是千真万确的事实，也改变不了一件事，那就是，我是一个在思维的东西。

即便那个妖怪使我产生各种幻觉，让我生活在一个虚拟现实里，但我既然在思考并怀疑这个世界，而思考和怀疑又一定是有主体的，那么一定有一个"谁"在思考并怀疑着。"被欺骗"又意味着必须有一个客体存在，有一个"谁"正在被骗。笛卡儿因此说出了一段名言："即便妖怪在骗我，但他在骗我的时候，我一定是存在的。尽管他可以随便骗我，但只要我想到我是某种东西，他就永远不可能使我什么也不是。"

至于我的身体是不是真实存在的，这就不能确定了。从"我思故我在"这个结论来看，"我"只是思维的主体，一个能够思维并且正在思维的东西，这个东西未必具有物理上的广延性，也就是说，未必具有体积，未必占据任何空间。

（2）从"我存在"到"上帝存在"

笛卡儿花了好大的篇幅，终于证明了一件事：我存在。现在，在我们关于万事万物的全部知识里，只有"我存在"这件事是切实可靠的知识。这是一个很好的开端，因为接下来就可以运用严密的逻辑分析，逐步推导出一个庞大而可靠的知识体系了。

我在前面讲过三段论。三段论的一个特点是，只要前提是正确的，结论就一定是正确的。而笛卡儿的哲学意味着，在"我思故我在"出现之前，人类的一切知识都只有盖然性的意义。比如"地球围着太阳转"这个命题，它仅仅"可能"是对的，谁都不能排除"太阳和地球都不存在"这个可能性。现在总算有一个可靠的知识了，那么接下来，只要不出逻辑错误，就能不断推出同样可靠的知识。所以，笛卡儿很快就从"我存在"推出了"上帝存在"，这就是他的"第三个沉思"。

这部分的推理非常复杂，我来把它简化一下：首先，我存在，我是一个有限的实体；其次，观念的形成一定是有原因的；再其次，我的观念中的上帝是一个无限的实体。那么，有限的实体里不可能容纳一个无限的实体，除非这个无限的实体把无限实体的观念放进我的心里。

你应该能从这里看到柏拉图的影响。柏拉图在各种对话录里多次讲过，我们心里都有"直线""绝对相等"这种在现实生活中并不存在的观念，所以，这些观念不可能来自生活经验，只能来自灵魂对理念世界的回忆。如果你能看出柏拉图理念论的逻辑破绽，就不难看出笛卡儿论证"上帝存在"的逻辑破绽。

不过笛卡儿的论证也许还有更大的破绽，那就是"我思"未必能够证明"我在"。"我思"其实有一个预设的前提，那就是自由意志存在，"我"是运用自由意志在"思"。但是，自由意志真的存在吗？

笛卡儿在《第一哲学沉思集》正式出版之前，曾经托人把校样交给当时一些著名的神学家和哲学家审阅。他先后收到了六组反驳意见，然后针对这些反驳一一做出答辩，再把六组反驳和六组答辩附在正文之后一起出版。在这些反驳者中，有一个是你已经很熟悉的：《利维坦》的作者霍布斯。

霍布斯首先对笛卡儿的怀疑论深表赞同，但他认为这不过是古代哲学家的老生常谈。霍布斯的原话很刻薄，是这么说的："既然柏拉图以及其他许多在他以前和以后的古代哲学家们都谈到了可感知的东西不可靠，既然很容易指出把醒与梦分别出来不是一件容易事，所以我宁愿提出这些新思考的优秀作者不必发表这么老的一些东西。"而关于"我思故我在"，霍布斯的反驳是，我只能思维我"思维过"什么，却没法思维"我正在思维"。

※ 第六章
《人间词话》的哲学基础（六）

自由意志存在吗?

(1) 霍布斯的反驳

关于"我思故我在",霍布斯有一个反驳:我只能思维我"思维过"什么,却没法思维"我正在思维"。你觉得这个反驳足够有力吗?还有一个问题:神经科学家已经证明,我们在意识到自己做出某个决策之前就已经做出了那个决策,那么我们真的存在自由意志吗?如果不存在的话,我们真的可以思维吗?

霍布斯的这个反驳确实抓到了重点,奇怪的是,他从这一点上推出了一个按说应该推不出来的结论,那就是,一个在思维的东西应该是物质性的东西。我实在看不出他是怎么得出这个结论的,笛卡儿也看不出来,所以这就让笛卡儿在答辩时有了很大的发挥空间。但只要我们把关注点集中在霍布斯的前半段推理上,就会发现这种逻辑是我们在佛学里见过的。你可以试想一下:只要你去反思"我是不是正在思维着"这个问题,你就已经陷入回忆状态了,而回忆,正如笛卡儿已经怀疑过的那样,也许是妖怪刚刚植入你的心灵里的,不可能是一种可靠的知识。

自由意志的可靠性本来也应该成为质疑"我思故我在"这个命题的有力武器,但笛卡儿直到第四个沉思,也就是"论真理和错误"这一部分,才谈到自由意志的问题。在他看来,我们之所以会犯错,是因为我们有自由意志。所以,霍布斯也是到了这部分的内容才开始对自由意志提出质疑,他的观点可以一言以蔽之:"自由意志的自由只是假定的自由而已。"

作为中国人,我们对这种论题会感到既陌生又匪夷所思。但在西方文化里,对自由意志的争论真可谓源远流长。首先,神学必须解决这个问题,否则就没法解释人间的恶行与苦难从何而来。上帝既然是至善、至公、全能的,怎么可能造出一个充斥着恶行与苦难的世界呢?反过来看,世界上既然充斥着恶行与苦难,这要么说明上帝能力不足,要么说明上帝也有坏心眼。在《旧约》时代,犹太人一向把受苦受难的原因归结为人背离了上帝的训诫,后来的基督徒一般也会从原罪的角度想问题:谁让我们的始祖亚当、夏娃背叛上帝了呢?只要稍微深入一点来想,就会想到,人不但是上帝的造物,还是上帝按照自己的样子造的,所以,无论是始祖犯下原罪,还是人类背离上帝的训诫,都只能说明上帝的手艺不精,把人造得有很多缺陷。如果上帝当初能多用一点心,提高一下业务水平,人就不会有那么多缺陷,不会犯那么多错误了。所以归根结底,上帝就是制造一切恶行与苦难的罪魁祸首!

中国传统的佛教和道教中都不存在这种问题。佛教直接否定神创论,道教虽然也有神创论,但一来这一点不重要,二来道教也没有给创世神赋予全知、全能、全善这些特质。全知、全能、全善怎么才能和遍布人间的罪恶与错误协调起来,这不好解释。

不好解释,但必须解释,所以,上千年来出现了各式各样的理论和争议,"自由意志存在与否"就是其中一大争议焦点。简单讲,争论的参与者可以划分为两大阵营,一派是决定论者,另一派是选择论者。决定论者认为上帝把一切都预先安排好了,到了最后审判的时候,谁上天堂,谁下地狱,都是注定的事。选择论者认为上帝赋予人自由意志,人以后是行善还是作恶，取决于个人选择，最后，行善的人上天堂，作恶的人下地狱。但无论是在决定论的阵营里还是在选择论的阵营里，对自由意志的理解又分成很多流派，各个流派对自由的限度又有不同的理解。这方面奠基性的名著叫作《论自由意志》，作者就是你已经有些熟悉的神学大师奥古斯丁。

（2）自由意志的哲学解释与科学解释

我们从直觉上看，当然毫不怀疑自由意志的存在。比如你现在想吃饭了，正在纠结是吃牛排还是吃烤鸭，无论选了哪个，都是你的自由意志做出的自由选择。你还可以不吃，准备等更饿了之后去吃自助餐。你的选择足够多，你的钱包足够鼓，你的胃口足够大，也没人逼你必须选哪个，难道这还不能证明自由意志的存在吗？

没错，但当我们换一个角度，从因果律来理解世界，就该得出相反的结论了。只要你相信因果律，那就必须承认，既没有无因之果，也没有无果之因，那么因果链条一定是牢牢锁死的，你以为的自由选择，只不过是既意识不到也数不清的原因导致了相应的结果而已。

这样一来，我们貌似陷入了一种二律背反的境地。事实上，康德在《纯粹理性批判》里提出的四个二律背反中，第三个恰恰就是关于因果律和自由意志的。原话说得相当拗口，简化一下来说，正题就是"自由是存在的"，反题则是"自由不存在，一切都是被因果律锁定的"。

既然出现了二律背反，那么这说明了什么呢？现在你应该不难想到，这说明了这个问题超出了我们理性思维的理解范围，至少康德是这样认为的。

"自由意志存在与否"，这场争论直到今天也没有终结，只是加入争论的人身份更复杂了。比如一本前几年出版的书，书名就叫《自由意志》(*Free Will*, 2012)，作者萨姆·哈里斯（Sam Harris）既不是奥古斯丁那样的神学家，也不是霍布斯那样的哲学家，而是一位神经科学家。结论一言以蔽之，我们生而不自由，无往而不在枷锁之中。用哈里斯的原话说，人的本质就是生化傀儡。

是的，在神经科学的研究领域，已经有了很多实验结论否定自由意志的存在。是吃牛排还是吃烤鸭？你误以为的自由选择只是数不清的因果链条决定的必然结果。科学家们甚至可以通过对脑电波和神经元的监测，在你意识到自己做出怎样的选择之前就预测到你的选择。也就是说，在你决定吃烤鸭之前，你的大脑就已经做好了吃烤鸭的决定。

刚刚看到这些新材料的时候，我其实并没有觉得以上观点是什么匪夷所思的结论，因为早在威廉·詹姆士的时代，潜意识就已经被充分认识到了，我们的大多数决策其实都是在潜意识下顺利做出的，就像呼吸一样自然。太自然，以至于我们根本留意不到。而在我们稍加留意之后，往往会不自觉地给在潜意识下做出的决策找一个言之成理的理由，并且自然而然地相信正是出于这样一种理由，我们才做出了那样一种决策。近些年来的神经科学实验不过是为之找到了比较坚实的证据而已，观点倒一点都不新奇。

当你理解了这段原委，就很容易找到质疑的发力点，那就是，日常点菜这种决策也许真的是先有选择后有理由，但一些真正需要深思熟虑的问题，比如解一道复杂的数学题，指挥一场寡不敌众但生死攸关的战役，当你的大脑高速运转，紧张到额头不断冒冷汗的时候，神经科学家难道也可以借助高精尖的仪器来预测你的选择吗？

这个问题是神经科学家需要继续探究的，问题是，即便哪天真的有了确切的答案，无论是肯定的答案还是否定的答案，貌似还是没法破解康德的那个二律背反。也许，重新认识因果律才是合适的切入点吧？

这个问题等我稍后再做回答。现在，我们绕了一大圈，还要回到前面谈到的问题，也就是柏拉图的理念论。你可以试着解答这样一个问题：既然世界上各种不完美的东西都来自诸天之外的完美理念，那么像污泥之类的纯然丑恶的东西难道也是来自污泥的理念吗？换言之，如果世间的美来自理念的美，那么世间的丑恶难道也来自理念的丑恶吗？

恶从何而来（上）：
善恶二元论的破产与斯多亚主义的人生哲学

（1）二元论与一元论

上一节内容的最后，我们回到了柏拉图的理念论，留下这样一个问题：既然世界上各种不完美的东西都来自诸天之外的完美理念，那么像污泥之类的纯然丑恶的东西难道也是来自污泥的理念吗？换言之，如果世间的美来自理念的美，那么世间的丑恶难道也来自理念的丑恶吗？

这种问题无论是在东方还是在西方都属于源远流长的经典问题，它最简化的形式就是"恶从何而来"。儒家传统是"人之初，性本善"，每个人的天性都是善的，但"性相近，习相远"，但因为生长环境的不同，每个人的习性相差很远。要想劝人向善，必须树立好榜样。这种看法既很符合常识，又让人很爱听。了解程朱理学，你就会知道"天命之性"和"气质之性"这对概念，前者是善的来源，后者是恶的来源，这就是性善论的形而上学基础。法家认为人性本恶，要想劝人向善就必须依靠赏罚手段，做好事有甜头，做坏事吃苦头，久而久之，习惯成自然，善就成了人的属性。这种观点很不中听，但在大社会里特别管用。20世纪的心理学界盛行过所谓的行为主义，认为用即时的奖惩反馈就可以随心所欲地塑造人的性格和社会的风气。法家也好，行为主义也好，基本依据都是条件反射原理。

所有这些说法都有一个共同点，那就是善恶二元论。我们可以看一个更简单的例子：摩尼教就是很典型的崇尚善恶二元论的宗教，它认为宇宙间有光明和黑暗两大势力不断斗争，善来自光明，恶来自黑暗。但如果有人说，黑暗其实并不存在，或者说宇宙间只有光明，没有黑暗，你会相信吗？

如果你觉得这个观点很难理解，不妨从唯名论和唯实论的角度重新想想。所谓黑暗，到底是一种真实存在还是仅仅是我们为了形容某种状态而发明的一个概念？我们的语言系统中有很多名词概念，有些概念对应着某些实体，但还有些概念并不对应任何实体，只不过我们很容易把两者等量齐观，因此产生了很多误解。"黑暗"的概念就是这样，因为从本质上说，光明的缺失状态就是黑暗，但不能反过来说黑暗的缺失状态就是光明。既然如此，光明和黑暗的二元对立也就不存在了。

善恶关系也是一样的，恶并不是与善对立的一种实质，仅仅是善的缺失。奥古斯丁当年就是通过这样的分析成功批驳了摩尼教的教义，为基督教的上帝正了名。于是大家知道，上帝创造的世界果然没有一丁点恶的成分。你也可以把"恶"理解为"缺点"。所谓缺点，顾名思义，缺了一点。只要把缺的这一点补上，缺点就不再是缺点了，正如把缺失的光明补上，黑暗就不再黑暗了。我们很有必要对语言的模糊性抱持高度的敏感，以免掉进各种语词陷阱。比如中国传统里爱讲阴阳关系，辩证法爱讲凡事都有两面性，但真的都可以这样分析吗？简单举几个例子：河的北岸和南岸，你的朋友和敌人，这确实构成阴阳关系，但白天和黑夜，你可以从现象上说它们是阴阳关系，但本质上并不是这么回事。

(2)《沉思录》与斯多亚主义初步

还有一种解题思路是从整体和部分的关系着眼的,范本就是从古希腊时代一直流行到今天的斯多亚主义哲学。即便你对这个名字感到陌生,你至少也会知道近几年有一本很走红的书,即古罗马皇帝马可·奥勒留的《沉思录》。是的,《沉思录》就是斯多亚主义的一部经典。

斯多亚主义来自芝诺创立的斯多亚派。芝诺在雅典广场的画廊聚众授徒,斯多亚(Stoics)这个词就是从画廊(Stoa)衍生来的。提起芝诺,你一定会想到芝诺悖论,但是,此芝诺非彼芝诺。古代哲学家里有好几位名叫芝诺,一般用籍贯来区分,芝诺悖论的芝诺称为埃利亚的芝诺"(Zeno of Elea),斯多亚学派创始人的芝诺称为季蒂昂的芝诺(Zeno of Citium)。季蒂昂的芝诺有一位三传弟子也叫芝诺,称为塔尔苏斯的芝诺(Zeno of Tarsus)。斯多亚主义有一个对立阵营叫作伊壁鸠鲁主义,偏偏后者中也有一位芝诺,称为西顿的芝诺(Zeno of Sidon)。当你再听到古希腊哲学家芝诺的名号,要记得先认清他是四位芝诺中的哪一位。

季蒂昂的芝诺开创了斯多亚主义,这种哲学表现在人生观上,关键点一共有四个,分别是冷静、隐忍、重视美德、轻视物质享受。用《沉思录》的话说:"在任何时候都要依赖理性,而不依赖任何别的东西,懂得在失去爱子和久病缠身的剧痛中镇定如常。"你可以假想一下,如果你遭受迫害,财产被剥夺一空,妻离子散,每天都在暗无天日的牢房里承受严刑拷打,你会怎么办呢?普通人要么精神崩溃,要么怨天尤人。如果你是一名斯多亚主义者,首先就会运用理性,想到无论是精神崩溃还是怨天尤人都不会对改善目前的处境有任何帮助,所以你应该镇定如常。然后你还会想到,你没理由仇恨这些害你的人,因为他们能伤害到的只是你的肉体和财富,而肉体和财富一点都不重要。美德才是唯一的善，是你唯一应当珍视的东西，而逆境非但不会伤害美德，反而有助于美德的培养。然后你还要继续运用理性，绝不可以感情用事，你要想到，虽然就事论事来看，这等残酷的境遇是件坏事，但一名斯多亚主义者是不会就事论事的，他只会从宇宙的宏观视角来看待任何一件具体的事情，于是总会发现，一切局部的坏事都是整体中的必要一环，所以根本就不算坏事。

仅仅坚韧不拔、重视美德并不是斯多亚主义者的独有特点，其他人出于气节、尊严、爱国主义等缘故也可以做到这些。全局观才是斯多亚主义的真正特色。如果你非要打破砂锅问到底，想知道这种全局观是如何成立的，那就会触及斯多亚主义的形而上学。我在前面多次讲过，缺乏形而上学基础的人生哲学都是空中楼阁，禁不起推敲和追问。比如，孔孟之道就没有形而上学基础，所以，后来才有了朱熹搞出一套天理系统，补上这个基础。《圣经》也没有形而上学基础，所以后来才有了那么多的神学家发明各种神学体系。佛教生来就有形而上学基础，所以一路斩将夺旗，一度让儒家招架乏力。道教是个反例，形而上学基础一直没能在道教中发展出来，所以，道教始终都没有跳出方术的圈子，发展和前面提到的那几家很不一样。

从这里我们就能看到，形而上学在古代社会真能发挥无用之用，而且真的是无用之用方为大用。当你看清了这一点，就更容易钦佩王国维年轻时代给自己选择的学术路线了。虽然说在他那个年代，时代的大格局已经变了，但他的思路无论如何都是难能可贵的。

恶从何而来（下）：最大的大局观，一切负面情绪都只是因为你站得不够高

（1）局部与整体

本节我们谈谈斯多亚主义的形而上学对人生哲学的支撑，看他们是如何用整体视角来消解局部视角里的善恶对立问题的。

请你想一想斯多亚主义的形而上学原理：为什么局部的恶放进整体来看之后就不再是恶了？还有一个小问题：除了四位芝诺，你还能想到哪些用地名来标注人名的例子？

我们先看第二个问题，这是我们读西方古典著作时常常遇到的小障碍，所以，我想借这个机会稍稍解释一下。根据籍贯、封地、主要活动区域来称呼一个人，这是西方称谓方式里的传统。中国人不习惯，所以常常把地名误解成人名。比如我们都知道的奥卡姆剃刀原理，英文叫Occam's razor，但这个奥卡姆并不是人名，他的真名叫威廉，姓氏不详，出生在奥卡姆，所以被称为奥卡姆的威廉（William of Occam）。再比如，英王亨利八世的第一任王后称为阿拉贡的凯瑟琳（Catherine of Aragon），中译名如果不嫌麻烦的话，应该称她为阿拉贡王国的凯瑟琳公主。我国古代虽然也有类似的称谓，比如南海康有为、常山赵

子龙，但地名的意义和西方完全不同。接着拿阿拉贡的凯瑟琳来举例，她的父亲是阿拉贡王子，称为阿拉贡的斐迪南二世（Ferdinand II of Aragon），母亲是卡斯蒂利亚王国的女继承人，称为卡斯蒂利亚的伊莎贝拉一世（Isabella I of Castile），两人的联姻意味着阿拉贡王国和卡斯蒂利亚王国的合并。欧洲国家的领土很多都不是打来的，而是联姻合并来的。我们读欧洲古典小说，会发现女孩子的嫁妆简直重到匪夷所思的地步，这实在是有传统的。富家女的嫁妆是庄园、田产、金币，公主的嫁妆排在第一位的就是领土。对欧洲的王公贵族来说，结婚比打仗更重要。最后再交代一句，阿拉贡王国和卡斯蒂利亚王国合并后，就是今天的西班牙的前身。

现在让我们回到第一个问题：为什么局部的恶放进整体来看之后就不再是恶了？

这就需要一套精密的形而上学知识来解释了。我先讲一个发生在我国古代的故事：燕太子丹想请荆轲刺杀秦王，所以，无论荆轲喜欢什么，他都想方设法搞到。某天荆轲夸赞一名美女的手长得好看，没多久，太子丹就派人送来一个盘子，里面摆着一双刚刚切下来的纤纤玉手。这个场面有点惊悚，只要荆轲还是个正常人，只应该觉得恶心。一双美丽的手只有作为身体的一部分时才是美的，一旦切下来单独看，再美的手也会立刻变丑。反过来想，如果荆轲觉得这名少女哪里都美，只有手不够美，但切掉这双手非但不能使少女变得完美，反而会让她整个人都不美了。

如果我们相信世界是神创的，神是伟大的，就不难想到世界应该是一个完善的整体，我们之所以看到许多丑恶，只是因为我们的眼光太短浅，缺乏神一样的全局观。

斯多亚主义者有一种很独到的神学见解，他们相信神并不是某个高踞于世界之上的白胡子老头儿，而是宇宙的灵魂，所以，无论是我们每个人也好，还是一草一木也好，或多或少都有神的一部分。或者说，宇宙是一个庞大的活物，万事万物都是这个活物身上的某个器官或者某个细胞。那么，作为器官或细胞的人，正确的生活方向当然就是和宇宙的灵魂保持一致。斯多亚主义者在"天人合一"的征途上走得比中国人还远。

在《沉思录》里，奥勒留皇帝通过洗澡来阐述生活的真谛："在你洗澡的时候，你会看到很多油腻、污垢和脏水，通通让人恶心，但你应该想到生命的每一部分和万事万物都是这样。"

当你明白了这个道理，对丑恶事物也就容易接受了。至于人世的鞭挞和讥嘲、压迫者的凌辱、傲慢者的冷眼、被轻蔑的爱情的惨痛、法律的迁延、官吏的横暴和费尽辛勤所换来的小人的鄙视，这些都有什么所谓呢？用《沉思录》的话说，只要你不把它们当成丑恶就可以了，让灵魂坚持它的安宁与平静，而这正是灵魂完全力所能及的事情。

（2）将斯多亚主义进行到底

你应该已经发现了，斯多亚主义是一种实用性很强却很难自圆其说的哲学。如果丑恶仅仅是源于短浅目光之下的错觉，那么我们还该不该惩恶扬善、扶危济困呢？如果对加诸自身的残暴与不公逆来顺受是一种美德的话，那么对加诸他人身上的残暴与不公冷眼旁观，甚至去规劝那些受侮辱与损害的人改变心态，积极迎接更残酷的命运，这应该也是一种美德才对，而且这是斯多亚主义者唯一可行的善举。

至于扶危济困、救死扶伤、修桥补路，这些都不算善举，因为前面的内容中讲过，在这种哲学里，肉体和财富一点都不重要，美德才是唯一的善。如果你在那个大雪纷飞的夜晚遇到了卖火柴的小女孩，让她吃饱穿暖都不会增进你的美德，除非你给她讲清楚"正确的"人生观，让她明白挨冻受饿并不是坏事，也不是她自己可以掌控的事，她只应该在自己可以掌控的事情上，也就是说，在人生态度的选择上，保持灵魂的宁静，喜悦但不能喜形于色地仰起头，用纤弱的脖颈迎接死神的镰刀。

所以我们不难理解，斯多亚主义者就像庄子的信徒一样，不可能在现实生活中真正秉持逻辑一贯性。但是，只要本着实用主义的态度，再把形而上学和人生哲学的部分拆开来单独看，就会发现斯多亚主义的特殊魅力。如果你是一名领导人，像马可·奥勒留那样，你会懂得，一个团队里不必所有成员都是人才，各种庸才、蠢材，甚至奴才，同样必不可少。你在局部视野下深恶痛绝的人和事在全局视野下马上就会变得顺眼起来，这就在一定程度上解释了为什么很多人在升迁之后，尤其是连升三级之后，并没有做出他们原先预想中的兴利除弊的动作。你本该负责任的各种大事件，比如奥勒留皇帝所面对的自然灾害、外敌入侵一类没完没了的烦心事，既然在全局视野下一定具有某种积极的意义，也就没必要耿耿于怀了。再说，一切灾害都只会伤及人的健康、生命和财富这等无关紧要的东西，而对美德这个唯一重要的事物，它们非但无法伤及，反而有着难得的砥砺之功。而那些沉沦在社会底层，除了镣铐便一无所有的人，只有心态才是他们唯一可以通过努力去改变的东西。身处绝望的境遇，一个人必须学会依靠想象力来创造希望与慰藉，否则就没机会撑到明天。

上至帝王，下至奴隶，都可以从斯多亚主义里看到希望和慰藉。所以，我们不难理解，在斯多亚学派的风云人物里，既有奥勒留这位真正的帝王，也有爱比克泰德这位真正的奴隶。他们似乎各是自己所在阶级的代言人，但他们竟然以同样程度的真诚信奉并传播着同一种学说，让人完全看不出阶级对立的痕迹。

在形而上学的层面上，斯多亚主义也确实道出了某种真理。在王阳明所谓的"意之动"发起之前,世界上确实无善无恶。狮子捕食羚羊,我们不会说狮子是坏蛋。大猩猩会在篡位成功之后杀光所有幼崽,还会集体追杀敌对阵营里的同类,但也不会被贴上魔鬼的标签。人与人之间才有善恶之别,但此时此地的善举又往往在彼时彼地被视为恶行。

柏拉图《理想国》（上）：洞穴之喻

（1）理想与理想国

从形而上学的层面来看，斯多亚主义和阳明心学有什么相通之处？

你可以回想一下王阳明的四句教："无善无恶是心之体。有善有恶是意之动。知善知恶是良知。为善去恶是格物。"所以，在弟子薛侃除草的时候，王阳明才会说："天地生生不息之意，对花对草一般无二，何曾有善恶之别？你想赏花，这才以花为善，以草为恶，一旦你想要的是草，善恶便颠倒过来了。可见这一种善恶，都是由人心的好恶产生的，不是正确的见解。"

虽然阳明心学和斯多亚主义从形而上学到人生哲学都有高度相通的地方，但前者属于无神论，后者属于有神论。从无神论引申出"无善无恶"，再把"无善无恶"等同于"至善"，这不容易，而从有神论出发，几乎不可能引申出"无善无恶"，只能先证明"至善"，再从"至善"出发，把"恶"消解于无形。

"恶"既然可以这样被轻松消解掉，那么，一个斯多亚主义者如果真的把这套哲学奉行到底的话，抢男霸女、杀人放火在他看来也就算不得作恶了。既然有德行的生活必须天人合一，和神，也就是世界的灵魂保持一致，那么作一些局部视角之下的恶不但是难免的，甚至是应当的，难道不是吗？如果苏格拉底复生，一定能够做出这样的反诘。

柏拉图笔下的苏格拉底主张的是另一种天人合一，你应该还记得，那就是让灵魂回忆起前世的知识，让真善美的理念指导现实的人生。

《理想国》是柏拉图全部对话录里最有影响力的一篇，如果直译标题名的话，应该叫《国家篇》或者《共和国》。英译本一般都叫Republic，但在中译本里，《理想国》的译名早已深入人心了，所以我们也没必要改换，只要清楚它的来历即可。

"共和国"这个名字最准确，但最容易带来误解，因为"共和国"就是实行"共和制"的国家，共和制作为一种政体其实有很多种形式。今天很少有人认为世袭制可以和共和国相容，但柏拉图推崇的共和国偏偏就是世袭制的，为了能够使世袭制顺利推行下去，他还主张编造一个血统论的神话来愚弄全国人民，而善意的谎言应该得到足够的谅解。所以要想准确定义共和国"是什么"，很难，但我们可以准确定义它"不是什么"：它不是独裁政体。

《理想国》的早期版本还有一个副标题：论正义。这个题目很贴切，因为书的内容确实是从"何谓正义的个人"讨论到"何谓正义的国家"。在这个宏大主题之下，细节包罗万象，其中讲到了医疗养老问题和优生问题，除此之外，还有女权问题、婚姻自由问题、共产共妻问题、宗教问题、教育问题、文艺政策问题等。如果你是一名高尚的独裁者，希望彻底砸碎旧秩序，从零开始建立一个充满正义的国家，有《理想国》做指南就足够了。

《理想国》中的主角还是我们熟悉的苏格拉底，他被问到一个很有普世性的问题，那就是现实社会总是做正义的人总会倒霉，做不义的人反而能够获得幸福，难道这还不足以说明所谓的正义对人并没有什么好处吗？苏格拉底说，从个人角度来讨论这个问题很困难，不如选一个比较大的例子,看看正义的国家是什么样的,再以国家的正义来考量个人的正义。讨论就这样进行下去,一个想象中的正义国家渐渐成型。这个国家散发着如此迷人的光彩,以至于人们不禁怀疑它是不可能在人间实现的,而苏格拉底说,也许在诸天之外有这样一个国家的完美原型吧?

这个完美原型,也就是国家的理念,或者原本、原型、理想、理型,人间的国家是它的摹本。书名译成"理想国"正是从这个意义来的,这才是"理想"一词的本义。

前面讲过,所谓理想,就是神在创世时候的构思,是完美无缺、永恒不变的,而现实世界里的万事万物因为都是由物质材料构成的,所以是不完美、易朽易变的。那么作为国家统治者,首先应该是一个全心全意追求理想的人,换言之,应该是一位哲学家,国家才有可能趋向完善。无论是哪个国家,如果不是经过哲学家按照诸天之外的理想、原型加以描绘的话,就永远不可能是幸福的。

但是,哲学家做统治者,这太不现实,所以苏格拉底给出了两个方案:要么哲学家做统治者,要么现成的统治者爱好哲学。无论如何,只有具备哲学情怀的统治者才有可能按照人的"理想"来塑造自己,同时建立人间的理想国。即便是后一种方案,统治者也会遇到一个棘手的难题,那就是民众鼠目寸光,对真正的哲学家从来没有好感。

(2) 洞穴之喻

柏拉图的悲观是真切而深刻的,因为历史上真正的苏格拉底——一个让柏拉图深深敬佩的人,就是被全民公决判处死刑的。苏格拉底之死使柏拉图极其厌恶民主制度,而这种厌恶对西方文明产生的影响怎么估量都不为过。所以,勒庞的名著《乌合之众》尽管对中国读者来说是耳目一新的，但从西方传统上看，不过是对老生常谈的重新整理，并不比柏拉图的《对话录》有什么更高明的见识。那为什么很多西方国家仍然高举民主大旗呢？很简单，因为柏拉图时代的民主不同于现代民主，前者是所谓的古代民主、直接民主，后者是所谓的现代民主、间接民主。虽然都以民主为名，但两者本质上的差异并不小于民主和独裁。政治哲学不是我们当下谈论的重点，所以我就不再花篇幅细讲了。当下需要细讲的是，民众对哲学家的恶感究竟从何而来。

在《理想国》的中间部分，苏格拉底做了一个很著名的比喻，一般称为"洞穴之喻"。柏拉图的全部对话录以《理想国》最为著名，《理想国》的全部内容又以洞穴之喻最为著名。苏格拉底请你想象，有一个很深的洞穴，洞口的光线可以照射到洞穴底部。一群囚徒从小就住在洞里，全身都被捆着，背朝洞口，既不能走动，也没法扭头，只能看着对面的墙壁。在他们背后较高的地方有一个燃烧的火堆，火堆和他们中间有一道矮墙，沿着矮墙还有一条路。时不时有另外一些人高举着各种假人和野兽模型从矮墙后面经过，所以囚徒们唯一能够看到的东西就是被火光投射到对面墙壁上的各种阴影。囚徒们可以彼此交谈，却因为扭不了头，所以看不到同伴。他们形成了一种共识，那就是对面墙壁上移动的阴影都是真实的物体。如果后面那些举着模型经过的人也在交谈的话，他们的声音会在洞穴内回响，很自然地会被囚徒们认为是由那些阴影发出来的。如果某一天突然有一名囚徒挣脱了束缚，开始走动，环顾四周，回头看到了那堆火，他马上就会怀疑人生。这时候要是有人告诉他，说他以前看到的东西都是虚假的，只是影子，他会怎么想呢？要是再有人把那些从矮墙上经过的东西一一指给他看，他又会怎么想呢？要是再有人硬拉着他走出洞口，见到阳光和阳光下的世界，让他慢慢适应外面的真实情况，他应当会为自己的觉悟感到庆幸，并且对洞穴里的伙伴们产生深刻的同情。如果洞穴里的囚徒之间也有某种荣誉，那些擅长识别影像，能记住影像出现的常规次序，还能准确预言后续影像的人会受到大家的崇拜，那么，这个逃离了洞穴的人难道还会在意这种荣誉，想要成为受同伴尊重的领袖吗？

柏拉图《理想国》（下）：审美到底在审什么？

（1）哲学家和民众相互嫌弃

如果那个逃离洞穴的人回到洞穴深处，把世界和人生的真相讲给同伴们听，希望唤起他们的觉悟，那么他真的会如愿以偿吗？

这个问题对今天的人来说异常简单，答案显然是"不会"。我们已经有了太多的历史经验，又生活在一个日趋多元化的社会，谁都知道，改变别人的想法是一件多么费力而不讨好的事情。

只要想到这一点，我们就会对古希腊丰富的思想世界感到惊叹。但当你想到古希腊并不是一个大一统的国家，而是对数百个城邦的统称，每个城邦基本上都是一个主权国家，你的所有疑惑马上就会释然。如果说古希腊的思想繁荣和中国的百家争鸣有什么不同的话，那就是前者更超脱，后者更务实。这样一种区别是由不同的政治土壤培育的。古希腊的城邦争霸无非是争夺一个盟主地位，形势严峻程度远不如中国战国时代诸侯间的你死我活。如果你就此断言古希腊人缺乏雄心壮志，那就错了，原因仅仅在于当地的城邦过于星罗棋布，即便是雅典和斯巴达这样的"超级大国"，也不具备吞并四海的能力。即便它们中的哪个真的做到了，马上也会被惊人的管理成本压垮。就连强大的秦朝都应对不来这种压力，管理水平无论如何都追不上扩张的速度，所以，到了汉朝，管理模式反而故意"退步"了，与其管不了而硬管，不如"无为而治"。无为而治首先需要区分哪些事情该为、哪些事情该无为，"统一思想"就在"该为"之列，所以，即便在最无为而治的汉朝初期，百家争鸣局面的再现也是不可能的。所以，思想繁荣需要各种天时地利、因缘和合，很难被人为复制。

即便在古希腊，第一流的见识也注定不可能被多数人接受，因为无论在哪个时代，多数人的思维都是被习俗绑定的，因为这才是最安全、最节能的思维模式，是亿万年的进化过程筛选出来的基因编码。

当然，第一流的思想很可能非但不实用，而且是错的，甚至错得很离谱、很荒唐，但它蕴含着惊人的启发性，因此成为一种伟大的错误。柏拉图的理念论正是这样一种东西，所以直到两千多年以后还能启发叔本华，又间接影响到王国维。当然，除此之外，理念论点燃的唯名论和唯实论的思想交锋一直延续到今天，无论是主干还是枝叶都有各种繁花璀璨。

当年柏拉图在提出这种学说的时候，一定有深深的无助感。他知道民众是一群不可理喻的东西，只有极少数人才可能被真理之光唤醒，所以他才会在洞穴之喻里仔细描述那个离开洞穴之后又返回的人到底经历了什么：他回到了洞穴的深处，坐回原来的位置，很想把自己的所见所闻讲给同伴听。但是，他从明亮的阳光下来到黑暗的洞穴里，眼睛无法适应黑暗，看什么都很模糊，连阴影的形状都辨别不清。同伴们一定会说："这个人到上边走了一遭之后把眼睛弄坏了。所以，上边的世界一定不是个好地方，安安稳稳地留在原地不动才是最好的。这个人竟敢胡言乱语，说什么想要解救大家，把大家带出洞穴，看来他不是疯了就是存心使坏。抓住他吧，杀掉他吧，绝不能任他胡作非为！"

（2）从理念到审美

在这个故事里，那个看到光明的人就是哲学家，洞穴里的同伴们就是民众。民众之所以讨厌哲学家，哲学家之所以鄙视民众，都是出于这个缘故。所以这就会导致一个不太乐观的结果，那就是民众拒绝真理，一味醉生梦死，哲学家也提不起兴趣来做任何务实的工作，比如治理国家、教育民众，因为他们不愿意费力不讨好，只会一心期待死亡，期待灵魂摆脱肉体的束缚，飞升到诸天之外的理念世界。任何人只要在现实生活里窥见了理念世界，就只想留在那里，再也不愿意回来。这样一来，人间的理想国就永远没有实现的可能了。

那么，为了能在人间建立理想国，就必须由政府有意识地培养哲学家。这些被培养出来的哲学家因为欠了政府的情，所以有义务承担起治理国家的工作，按照真善美的理念来安排具体而微的政治事务。无论他们多不情愿，也不可能拒绝，因为向正义的人提出的正义要求是不该被拒绝的。

你可以对照一下《庄子》中的政治哲学。庄子认为理想的统治者一定是自己哭着喊着不想接受王位，但被大家硬生生推上王位的人。这样的好处是，因为他们打从心底里不想治国，所以，即便真的坐上王位，也只会出工不出力，这才能够真正达成"无为而治"的局面。

政治哲学不是我们现在要说的重点，现在的重点是在我们的现实生活里怎样才能摆脱束缚，走到洞口之外，看见阳光普照的世界，换句话说，怎样才能看到理念世界。这个问题的答案在前面的内容里已经出现过了，那就是"迷狂"。如果你记不清楚了，可以回顾一下第四章的内容。

在迷狂状态里，我们最有机会看到理念世界，那里的一切都是完美无缺、永恒不变的。那里的花儿不会枯萎，那里的生命不会凋谢。现实事物都是对理念事物的分有和模仿。柏拉图用床举过例子：理念世界里有一张完美的床，或者说是床的理念，现实世界里有千千万万张床，每张床都是对理念之床的分有和模仿，因为木匠的手艺和造床用到的木材千差万别，所以，每张床各有各的不完美。那么，所有的现实事物都有对应的理念吗？答案是否定的：丑恶的事物并不存在对应的理念，因为在理念论里，一切丑恶都源于物质材料先天带有的不完美。

从这一点我们就可以转入一个经典的美学问题：审美到底是在审什么？

普通人并不会深究这个问题，只是简单把它理解为诸如穿衣品位的事情，如果再提高一层的话，那么审美能力一般会被等同于艺术鉴赏力。无论是穿衣打扮还是艺术鉴赏，我们最熟悉的一句话是"各花入各眼"。这是庄子式的答案，你觉得时装大牌的高级定制很美，我觉得西装搭老棉裤很美，我们争执不下，请一个裁判来主持公道，结果裁判觉得裸体最美。柏拉图会怎么评价庄子式的答案呢？

如果你对"知识"和"意见"的区别还有印象的话，就该知道柏拉图会这么说："之所以各花入各眼，是因为每个人讲出来的都只是意见，而不是知识。从知识的层面讲，真相只有一个。所以，意见会错，但知识不会错。"在柏拉图那里，所谓"错误的知识"等于"错误的真理"，这个等式本身就不能成立。那么各花入各眼到底是怎么回事呢？很简单，这就好比洞穴里的囚徒在争论影子的真相，通通都是扯淡，只有那个挣脱了束缚、跑到洞口见过阳光的人才知道唯一正确的答案。如果请这个人来回答，他会说："所谓审美，被审的那个美其实就是理念。现实世界里的一切事物，无论是大牌时装还是老棉袄，都不是美。"

你一定会问："难道举世公认的第一流的艺术品也不美吗？唐诗宋词，文艺复兴时代的大师名画，你敢说它们不美？在你的理想国里，难道容不下李白、杜甫、拉斐尔和米开朗琪罗吗？"现在，你可以试着根据自己对理念论的理解，想想柏拉图会怎么回答这个问题。

※ 第七章

《人间词话》的哲学基础（七）

从理想国的无诗之地到叔本华的审美直观

(1) 诗人有写物之工

上一章谈到柏拉图著名的洞穴之喻，引申到审美问题，结论是"所谓审美，被审的那个美其实就是理念。现实世界里的一切事物，无论是大牌时装还是老棉袄，都不是美"。这是一个很反常识的观点，你一定会问："难道举世公认的第一流的艺术品也不美吗？唐诗宋词，文艺复兴时代的大师名画，你敢说它们不美？在你的理想国里，难道容不下李白、杜甫、拉斐尔和米开朗琪罗吗？"

柏拉图会怎么回答这个问题呢？

我们先把问题简化一下，你可以想一下达·芬奇画鸡蛋的故事。画鸡蛋属于静物写生，在眼前摆一个鸡蛋，照着它画，画得越像越好。达·芬奇画了几百次，终于画出了一个惟妙惟肖的鸡蛋，得到了老师的称赞。画出来的鸡蛋是对真实鸡蛋的模仿，但无论画得多么逼真，也不可能和真实的鸡蛋一模一样。那么，真实的鸡蛋是从哪里来的？从现象层面看，鸡蛋当然是母鸡下的，但从本质层面看，诸天之外应当存在一个理念的鸡蛋，或者说鸡蛋的理念，它是鸡蛋的完美样子，现实世界里的每个鸡蛋都分有了理念鸡蛋的一部分，同时也是对理念鸡蛋的模仿。

现在我们把逻辑梳理一下：现实的鸡蛋是理念鸡蛋的摹本，画出来的鸡蛋是现实鸡蛋的摹本，那么，画出来的鸡蛋无论画得多么逼真，都不过是摹本的摹本。只要这样一想，任何伟大的绘画也就都不值一提了。

你可以举一反三，想到诗歌也有同样的性质。文学描写也很讲究惟妙惟肖，我们可以就近来看中国诗歌的例子。苏轼提出过一个文学命题，叫作"诗人有写物之工"。"写物"就是描写事物，"工"就是工巧，要惟妙惟肖。惟妙惟肖有一个很简单的标准，就是要抓住描写对象独一无二、不可替代的特点。我们可以参考宋朝诗人林逋咏梅的名句"疏影横斜水清浅，暗香浮动月黄昏"。严格来说，这两句诗并不是林逋的原创，而是从五代南唐诗人江为的诗句"竹影横斜水清浅，桂香浮动月黄昏"改来的。林逋仅仅改了两个字："竹"改成"疏"，"桂"改成"暗"。如果依照今天著作权法的标准，林逋的改写纯属剽窃，没有半点抵赖的余地。

但是，以纯粹的文学眼光来看，这两个字的改动称得上点铁成金。江为的原作之所以籍籍无名，林逋的"剽窃"之所以脍炙人口，完全有文学上必然的道理：江为的诗虽然足够优美，但并没有写出竹子和桂花无可替代的特点，如果说他写的是菊花、梅花的话，同样说得过去。而经过林逋稍稍一改，马上就写出了梅花无可替代的特点，诗意仅仅和梅花的气质最搭，拿去形容菊花、杏花都不合适。还真有人这样问过苏轼，说如果拿"疏影横斜水清浅，暗香浮动月黄昏"这两句诗来形容桃花、杏花是不是也行，苏轼的回答是，硬要拿去用也不是绝对不行，但只怕桃花、杏花当不起这两句诗。

宋朝人范温也谈过类似的观点，他有一次到四川去，经过筹笔驿，这是传说中诸葛亮出兵伐魏驻军的站点，所以很多经过这里的文人都会写诗吟咏几句，比如石曼卿的名句"意中流水远，愁外旧山青"，早已经脍炙人口。但范温说，这样的诗句既可以用来描写筹笔驿，也可以用来描写其他的山水，只有李商隐写的"猿鸟犹疑畏简书，风云常为护储胥"才独一无二地切合筹笔驿其地和诸葛亮其人，拿去形容其他任何地方都不合适。

再举两句大家都很熟悉的诗，"春色满园关不住，一枝红杏出墙来"，这是宋朝人叶绍翁《游园不值》的名句，但它也不是原创，而是从陆游的诗句"杨柳不遮春色断，一枝红杏出墙头"改动来的。为什么原作鲜为人知，"剽窃"之作却被人津津乐道，你可以慢慢想想看，能否想出差别所在，能否懂得"写物之工"，这既是诗人写作的关键，也是我们提高文学鉴赏力的一个关键。

（2）以直观接触理念

在中国的传统里，"写物之工"是一个上乘的文学创作标准，但只要你拿理念论来参照一下，情况就反过来了，除非"写物之工"超越了具体的描写对象，写出了它的理念。除此之外，柏拉图还有更实际的理由反对诗歌：简单讲，诗歌的内容有太多不够节制的地方，不利于青少年的成长与理想国的安定团结。同样，戏剧也不能存在，因为一来，每部戏里都有坏人，但演员作为好人，不应该模仿坏人；二来，戏剧里还会有下等人的角色，而上等人是不该模仿下等人的。音乐侥幸在理想国里有一席之地，但必须是健康向上的音乐，靡靡之音必须被禁止。

就这样，《理想国》这部书成为西方历史上文艺审查制度的理论鼻祖。单从理论上来看，谁有资格掌握审查权呢？当然是统治集团，而统治集团之所以该有这样的权力，是因为他们具备了良好的哲学素养。但怎么才能确保他们的审查不会掺杂私心呢？这也简单，因为先要有私产才能有私心，而理想国彻底废除了统治阶级的私产——废除的不仅仅是私产，就连妻子、儿女都是公有的。这种关系会表现在称谓系统上：所有长辈是所有晚辈的父母，所有晚辈是所有长辈的儿女。所谓"共产共妻"，《理想国》就是它的理论源头。

现在你会发现，柏拉图的理论不太有一贯性，因为在美学问题上，你会想到第三章讲到的《斐德罗篇》里的四种迷狂，其中第三种迷狂源于文艺女神缪斯，大意是说，诗人如果不是借助缪斯的帮助陷入迷狂，是不可能写出好诗的。从这三种迷狂中，我们完全有理由相信，清醒不一定比迷狂更好。不仅如此，甚至可以说迷狂是上天给予人的最高恩赐。而在迷狂状态里，诗人的灵魂会以现实世界里美的事物为跳板，回忆起美的理念。难道有德的人生不就是应该向往、回忆并遵循理念世界的人生吗？

现在你可以思考这样一个问题：诗人在迷狂状态下可以写出好诗，同理，画家在迷狂状态下也可以画出好画，因为他们创作出来的作品不再是摹本的摹本，而是对理念的直接写照。那么，在我们欣赏这些艺术杰作的时候，会不会同样进入迷狂状态，直接看到理念呢？

从柏拉图的哲学里本该得出这样的结论，但他如果真的想到了这一层，就不会在理想国里把艺术家扫地出门了。而在我们的经验里，好的艺术确实会使人全身心投入，进入忘我之境，仿佛时间、空间还有现实生活里的各种柴米油盐都不复存在了，等回过神来的时候，内心深处突然会涌起一种深深的失落感。这到底是怎么一回事呢？这个问题后来被叔本华注意到了，为此他提出了两个著名的美学概念："审美直观"和"自失"。

所谓审美直观，就是放弃理性，不是去理解，而是直接从具体的事物上感受到理念。所谓自失，就是因为发生了审美直观而进入了忘我的状态。

叔本华的审美直观与康德的十二范畴

（1）从审美入涅槃

摹本和理念的差别除了完美与不完美、永恒与短暂之外，还有什么？还有，审美和佛教修行竟然殊途同归，这到底是为什么呢？

要回答第一个问题，让我们来看一枚真实的鸡蛋：它被摆在桌上，它是隔壁老王家里的那只芦花鸡今天刚刚下的，因为这几天对门老张家的公鸡经常过来骚扰，所以这枚鸡蛋很可能是一颗受精卵，如果不曾被老王无情地从母鸡身边夺走的话，它应该能孵出一只血统不太高贵的小鸡……所以，这枚鸡蛋不仅被限制在时空坐标上，还被限制在一系列纷繁复杂的因果关系里。换句话说，它不是一个孤立的存在，它的存在有时间和地点的限制，有血统和所有权的纠纷，所以，它不是"鸡蛋"，而是"这枚鸡蛋"。而理念的鸡蛋既不是"这枚鸡蛋"，也不是"那枚鸡蛋"，而仅仅是"鸡蛋"，是一种摆脱了时间、空间和因果关系的孤立存在。艺术的创作与欣赏如果是直观理念的话，就会同样摆脱时间、空间和因果限制。但你因此获得了什么呢？

普通人会说你获得了审美享受，但叔本华会说，你因此获得了自由，或者说你涅槃了。审美和佛教修行竟然殊途同归，这到底是为什么呢？

是的，因果律在佛学体系里对应的概念是缘起和业力，只不过佛教把业力从道德角度做了善与恶的分类。业力织成了一张大网，众生的生死轮回全在这张大网里，修行的目的就是要从这张大网里跳脱出来，从此再也不受因果律的束缚。但跳脱之后的人生到底是一种什么状态——是死还是活，是人或者不是人，佛陀悬置不论，后来各门各派做出过五花八门的解释。无论如何，最核心的，也是最没有争议的一点就是，摆脱因果律。

那么，因果律的基础是什么呢？佛学就不去深究这个问题了，但西方哲学一直都在打破砂锅问到底，基本结论是，因果律必须以时间和空间为基础。

这个结论并不很难理解，因为因果律是对"关系"的表现，而"关系"要么是时间上的，要么是空间上的。比如，在鸡生蛋这件事上，鸡是蛋的原因，蛋是鸡的结果，在空间关系上，蛋由小变大，从鸡的体内到体外，在时间关系上，从母鸡孕育到下蛋，一定有个时间过程。那么我们不难想象，一旦没有了时间和空间，因果律也就不存在了。而在叔本华所谓的审美直观里，人处于一种自失的状态，摆脱了时空，同时也摆脱了因果律，用佛学概念来讲的话，这其实就是涅槃状态，只不过人不会永远自失，总会回过神来，而一旦回过神来，时空和因果律就会重新把人束缚住。如果从修行角度来看这个问题，这就意味着人在开悟之后还必须有所谓"保任"的功夫，也就是努力保持开悟时候的状态，不要让业力重新绑住自己。

但你一定很想问问叔本华："人怎么可能摆脱时空呢？"

叔本华应该会这样回答你："难道你忘记了康德讲的，时间和空间只是主观的东西，是我们摘不掉的有色眼镜吗？只是康德没发现，在审美直观里，这副眼镜是可以暂时摘下来一会儿的。你想想看，你在审美直观里看到了理念，而理念是永恒的、纯精神的实体，既然是永恒的、纯精神的实体,就一定不在时空之内。所以说,当你看到理念的时候,你一定和它处在时空之外了。"

如果你还是不服气,继续提问:"如果我戴着一块手表,在十二点整进入审美直观,那么当我回过神来的时候,手表的指针是不是还停在十二点整呢?"

爱因斯坦会这样思考问题,但叔本华会回答:"你是你,手表是手表,手表并不会和你一起进入审美直观。"这当然不足以答疑解惑,你还有足够的理由追问:"在我进入审美直观的时候,我的血液一定还在流动,我的新陈代谢也一定不会停止,我身体的细胞还会以常规的步调老化,我也一定还存在于某个空间,这该怎么解释呢?"

叔本华会说:"请你回想一下我那本《作为意志和表象的世界》,开宗明义的命题就是'世界是我的表象',你所说的这些生理、物理现象虽然都是在你身上出现的,但那都不是'你',而是'你的表象'。"

(2) 十二范畴

哲学家不会那么容易被击败的。当然,如果你愿意死缠烂打的话,我相信叔本华总有招架不住的时候,因为哲学体系最难避免的就是逻辑破绽,越是精巧的、烧脑的、在智力上格外迷人的体系就越容易存在致命的破绽。

而哲学最迷人的地方在于,你的直觉告诉你有些推论无论如何都不可能成立,但任凭你绞尽脑汁、搜肠刮肚,也没法做出有力的反驳。在今天这个哲学没落的时代,你大可以采取一种审美的姿态,凝神欣赏哲学命题里蕴含的智力之美。比如,现在你就可以尝试用康德和叔本华的哲学思路解答一下"鸡生蛋还是蛋生鸡"这个经典问题。

正确答案是，既不是鸡生蛋，也不是蛋生鸡，因为这个问题本质上是一个因果律的问题，而因果律是以时空为基础的，时空又是主观认知的有色眼镜，所以，鸡生蛋和蛋生鸡都是错觉。那么真相到底是什么？就要到物自体的世界里去找，而我们受限于认知能力，永远也认识不到物自体。如果强行去认识和理解的话，会发生什么呢？你应该还记得，会发生二律背反。

只要接受康德的主观时空论，我们就能够顺理成章地推进一步，发现因果律也是一副我们摘不掉的有色眼镜，它会把时间坐标和空间坐标表现为时间关系和空间关系。那么，我们还有其他的有色眼镜吗？

当然还有，这就是康德找出来的所谓十二范畴。十二范畴分为四大类，每一类都有三个范畴。第一类是量的范畴，包括单一性、复多性、全体性。第二类是质的范畴，包括实在性、否定性、限制性。第三类是关系的范畴，包括实体与偶性、原因与结果、主动与被动。第四类是模态的范畴，包括可能性、存在性、必然性。作为哲学概念的"范畴"完全不是日常语言里的意思。你可以把时间和空间想象成两副大眼镜，把十二范畴想象成十二副小眼镜，每副眼镜都是我们天生自带的，都有特定的功能，所有镜片叠加在一起，显现出我们看到、听到、摸到的这个现象世界。

关于十二范畴，我就不展开讲了，只讲一下第一类，余下的你都可以举一反三。单一性和复多性，简单讲就是单数和复数，这是我们与生俱来的数学意识，即便没有老师来教，你也能区分出一枚鸡蛋和一堆鸡蛋。如果你已经有了一堆鸡蛋，我又给了你一枚鸡蛋，那么这一堆加上一枚是多少呢？你数不清也没关系，至少你知道这些鸡蛋都归你，是属于你的"一份"。"一份"这个概念在这里就是全体性。

那么，"一"和"多"的观念从何而来呢？追根溯源的话，还会追溯到时空关系上：因为存在空间上的距离关系和时间上的前后关系，否则，"多"的观念就不会存在，万事万物都是"一"，这个道理是前面讲过的。

回到叔本华：所谓人生，不过是点缀着几个笑料的漫长悲剧

（1）从哲学角度消除分别心

现在你可以思考一个问题：我们常用二分法来看问题，比如，阴阳、是非、善恶，看一个人要一分为二地看，想一件事要从正反两面来想，但康德的十二范畴为什么每类里都是三分法呢？你能不能找到规律？

我们先来看看第一类的三个范畴：单一性、复多性和全体性。前两个范畴显然是从二分法来的，你可以把它们简单理解成"一"和"多"。如果你们公司发福利了，发的是苹果，那么你领到的苹果要么是一个，要么是多个，只有这两种可能。但是，无论你领到的苹果是一个还是多个，总之都是属于你的那"一份"，"一份"就是全体性。"一份"里也许只有一个苹果，也许有一万个苹果，所以，"一份"虽然在数目字上来看仅仅是"一"，但包含的内容其实是"多"。用康德的话说，全体性不过是作为单一性的复多性。如果请黑格尔来看这个问题，他应该会说：单一性是正题，复多性是反题，全体性是合题，这一套"正反合"就是辩证法的标准套路。

如果我们对十二范畴深入一步来想，就会发现它们都是以时间和空间为基础的。前面讲过，没有了时间和空间，"一"和"多"的区别就不存在了。这个道理很有实用价值，比如，佛教总是教我们消除分别心，因为很多烦恼都是分别心带来的，部门的年终奖哪些是你的、哪些是我的，你多拿一点我就会少拿一点，这太让人揪心。如果不再有你我之分，问题不就自然消解了吗？但是，怎么才能不分你我呢？走传统的"诸法无我"的修行路线当然是个办法，沿着康德的主观时空论和十二范畴一路走到底其实也能殊途同归。逻辑推演是这样的：既然时空和十二范畴都是主观的，那就意味着在真实的世界里，也就是在物自体的世界里，不仅所有人都只是一个，而且万事万物都只是一个，根本分不出哪个是你、哪个是我，更分不出哪些钱是你的、哪些钱是我的。

康德并没有把逻辑推演进行到这一步，但叔本华替他做了。这个理论可以很好地解释同情心的来由：我们之所以会同情别人，之所以看到别人受罪自己也跟着难受，只是因为从本质上说，我们就是别人，别人就是我们，所有人都是一个人。不仅今天的所有人都是一个人，就连地球上所有存在过的人、以后将会出现的人，都是一个人。你的父母、子女和你是一个人，你的配偶和你也是一个人。最后这个结论会令人有一点不快，貌似表象世界里的一切性生活在本体世界里都形同自慰。更加令人不快的是，古往今来，所有人遭受的苦难，甚至所有动植物遭受的苦难，都是你的苦难，你就像佛陀和耶稣一样，肩负着全世界的苦难。当你揭开摩耶之幕时，你看到的真相就会是这个样子的。

如果你不想过这样的人生，自杀了，但死掉的只是表象世界里的你，在表象世界背后的那个没有时间和空间的本体世界里，真正的你与万物合一，永恒不灭，所以，是怎么都不可能死掉的。从这个道理来看，我们每个人本质上都是永生之神。

你也许会因此想到叔本华的哲学是乐观积极的，但事实刚好相反。

如果我们追问一下那个藏在表象背后的"一"到底是怎样一种存在，叔本华会说："那就是意志，而意志是邪恶的，是一切苦难的源头。"

(2) 意志是一切苦难的源头

在叔本华看来，康德所谓不可知的物自体其实是可以被认识到的，物自体就是意志，表象世界就是意志显现给我们的样子，这种显现用哲学语言来说叫作客体化。意志是一种盲目的生存冲动，这和今天的基因理论很合拍。即便不依靠今天的生物学知识，我们也很容易以常识来理解叔本华。比如，我们看到蜜蜂筑巢、蚂蚁搬家，貌似是出于精巧的构思，其实不过是出于本能的盲目冲动，并不比一只上紧发条的钟表更高明。人也一样，一出生就大哭大叫要吃要喝，童年时候总会和小朋友抢玩具，到了青春期就开始喜欢异性，成年后结婚生子，孩子又会重复这段过程。我们总想赚更多的钱，赢得更多的尊重，找到更优质的配偶，把孩子培养得更出色。我们为此所做的各种精打细算，付出的汗水和流下的泪水，貌似都是出自理性，其实都只是生存冲动驱使的结果。在叔本华看来，我们和动物、植物、无机物的区别几乎不存在，万物都是意志的客体化，只有层级上的高低而已。而层级越高，冲动就越强；冲动越强，痛苦就越多。人比虫子的级别高，所以人比虫子的痛苦多。

我们当然不喜欢受苦，只想追求快乐。追求不到快乐的时候会很痛苦，而一旦追求到了，很快又会觉得无聊，然后生出新的欲求，开始一轮从痛苦到无聊的新的轮回。人生如同钟摆，永远摇摆在痛苦和无聊之间。欲无止境，得陇望蜀，没有一刻停歇。一个人无论是穷还是富，是高贵还是卑贱，是喜悦还是悲伤，是满怀理想还是一蹶不振，都逃不出这样的宿命。所以，无论是何种形式的人生，归根结底都是同样形式的悲剧。只不过在摩耶之幕的遮蔽下，绝大多数人无法领悟这个如此浅白的道理罢了。而这个摩耶之幕，倒也不像古印度神秘主义者所描绘的那样玄妙难言，无非就是时间、空间和因果律这三种被康德论定为我们天然认知模式下的东西。

叔本华把康德的主观时空论和十二范畴删繁就简，只保留了时间、空间和因果律。其实因果律也可以删掉，因为它只是主观时空论的一个衍生概念。但叔本华特地把因果律提出来也有他的道理，因为在他看来，意志就像一个无形的发条，无声地驱动着一切，使我们远不像我们自以为的那样自由。换句话说，我们只是被意志操纵的傀儡，被操纵而不自知。

如果你怀着远大的理想，想要取得某个伟大的成就，你为此披荆斩棘，抛妻弃子，但你真的是被前面的目标牵引着吗？叔本华会说："不是的，你其实是被后面的意志发条推动着的。"你会反驳："这怎么可能？我的目标明明是自己选的。"但叔本华会说："是意志的驱动力使你在特定时间做出特定选择，使你在这个时间只能做出这个选择，而不可能做出其他选择。在意志的驱动之下，一切都是必然的，就连你不接受这种必然性也是必然会发生的。"

前面讲过，叔本华说过，要想读懂他的《作为意志和表象的世界》，先要做一些功课，其中之一就是他的博士论文《充分根据律的四重根》。所谓充分根据律，简单讲，就是一切事物都有原因。细分起来，四种根据律分别对应物理现象、抽象概念、数学和自我这四种表象，因此有了物理必然、逻辑必然、数学必然和道德必然这四种必然性。叔本华因此为宿命论建立了形而上学基础，我们的一切所思所想都受到必然性的支配。而在《作为意志和表象的世界》里，对一切必然性追本溯源，终于找到了意志这个罪魁祸首。而意志在自然界中最基本的驱动力表现就是生殖繁衍。无论多么高尚的理想，归根结底都会追溯到生殖繁衍。即便是自我牺牲，也是为了家庭或种群的生殖繁衍。而更加深刻的悲剧性在于，即便"牺牲我一个，幸福千万人"，千万人的幸福感也是转瞬即逝的，马上就会被无聊感取代，人们又会展开新的追求，承受新的欲求不满的痛苦。所谓人生，不过是点缀着几个笑料的漫长悲剧，仅此而已。

这样的哲学真是充满负能量啊，我们到底有没有办法从悲剧人生中解脱出来呢？叔本华貌似有义务来扮演佛陀的角色。

叔本华：审美与禁欲殊途同归

（1）怎样挣脱意志的魔掌

从叔本华的哲学理路出发，我们能不能让悲剧的人生不那么悲剧呢？

办法要从病因上去找。既然我们已经知道意志是悲剧人生的罪魁祸首，那么我们就应该想方设法来降低意志的活跃度。既然意志的盲目冲动使我们永远欲求不满、得陇望蜀，那么减少欲望，清心寡欲不就行了？

说起清心寡欲的哲学，中国人总会想到庄子。庄子说："鹪鹩巢于深林，不过一枝；偃鼠饮河，不过满腹。"要那么多有什么用呢？所谓"吾生也有涯，而知也无涯，以有涯随无涯，殆已"。你总想赚更多的钱，其实每天两碗米饭就足够你吃饱了，赚多少钱才算够呢？就算你赚不到一分钱，也不是坏事，因为一个一无所有的人不会患得患失，有所拥有才会害怕失去。如果你饿死了，那也没什么不好，因为生为劳役，死为休息嘛。

如果你拿庄子哲学和叔本华哲学来做对比，你会发现，两者的结论虽然差不多，但区别在于前者没有足够的形而上学基础，后者不但有，还很博大精深。普通人都嫌形而上学既烧脑又不接地气，所以，直到今天,庄子哲学还是比叔本华哲学更受欢迎,而叔本华哲学的通俗版本也总会舍弃形而上学基础,只讲所谓人生智慧。

另外,叔本华的论调远不如庄子的那么潇洒。如果你按照叔本华指点的方式清心寡欲过一生,只会活成一个苦行僧的样子。这很难,连叔本华本人也做不到。叔本华是一个继承了大笔遗产的富二代,衣食住行都很讲究,知与行从来不是合一的。

禁欲、苦行确实太难为人,幸好还有一个次优方案,那就是审美,你可以在欣赏艺术的时候通过审美直观直达理念世界。

在叔本华的哲学里,理念可以被看成意志与表象的中介。意志产生理念,万事万物分有并模仿理念,在时间、空间和因果律的束缚中挣扎不脱。只有当审美直观发生的时候,物我两忘,艺术成为纯粹的审美对象,也就是理念,我化身为纯粹的审美者。这个道理可以简单归结为一句话:审美使人脱离功利意识。这句话很值得你牢记,因为它是美学理论里最经典的几大观点之一。

在日常生活里,我们的所见所想都是被功利性驱使的。早晨你起床上班,是坐公交车还是出租车,你需要在"更快"和"更省钱"之间纠结。中午吃饭,你额外买了一个苹果,因为你注重健康,认为有必要靠吃水果补充维生素。下午看到公司里来了一个新同事,同性,颜值很高,但你不会欣赏他的颜值,只会在心里暗暗估量他(她)的实力。过了一会儿,又来了一个新同事,异性,颜值也很高,你心里暗暗起了淫念,很想和新同事交往。也许你觉得这是纯洁的爱情,但你错了,世界上根本就不存在纯洁的爱情,一切爱情都是以淫念、肉欲为基础的,或多或少都是被性冲动触发的,而性冲动直接指向生存繁衍,结果你会发现,果然是意志的魔掌在背后操纵一切。古希腊人最早看穿了这个奥秘,他们中的一些"有识之士"认为同性恋比异性恋更高贵、更纯洁,这是前面讲过的。当然,我们知道,同性恋其实也不纯洁,但如果连爱情中都找不到纯洁的成分，我们还能去哪里寻找纯洁呢？

也许纯洁根本就不存在。如果你认真回顾自己一整天的经历，就会发现你所有的想法都很现实。即便是在最应该保持纯洁的宗教生活里，你无非是请求得神佛的眷顾，或者你连这些都没想过，只是因为生长在某个宗教气氛浓厚的环境里，自然而然地就接受了父母和邻居们头脑里的一切。你做的每件小事、动过的每个念头，都在自觉或不自觉地趋利避害。什么是利害关系呢？很简单，和意志相一致的就是利，不相一致的就是害。利害关系从本质上说就是事物的发展和意志是不是相一致的关系。

（2）功利心和欲念是审美的天敌

意志虽然强大，但老虎也有打盹的时候。也许某一天，你突然被一幅静物画吸引，看着画上的苹果不知不觉地出了神。它可不是你在午餐时候吃掉的那个苹果，它激不起你的任何食欲，你也忘记了吃苹果可以补充维生素这回事。你只是静静地看着它，很纯粹地欣赏它的美，你既不想吃掉它，也不想以任何形式占有它或破坏它。由意志燃起的激情和欲望在这一刻无声无息地离开了你。你进入了审美直观，暂时挣脱了意志的魔掌。是的，仅仅是暂时的，你不可能一辈子保持这种状态。这样看来，艺术创作与审美就像悲剧人生里的短暂美好一样。

你为什么会觉得画中的那个苹果"美"，而不是"好吃""值钱"或者"有营养"呢？因为它不是具体的苹果，而是充分体现出一切苹果共性的苹果，也就是苹果的理念。高明的静物画之所以高明，之所以能够成为艺术，正是它因为触及了理念。画家在创作的时候虽然都是对着实物写生，但是，这时候你应该想起《人间词话》中的那句话："虽写实家,亦理想家"。

叔本华有一段关于审美直观的说明,虽然说得很有哲学腔,但因为太关键,太重要,所以有必要直接引用一下。你也可以把它当成一个测验,如果你把前面的内容都已经掌握了的话,对这段很拗口的话就应该能理解八成左右。叔本华是这么说的:"那种心境……是纯粹的观审,是在直观中沉浸,是在客体中自失,是一切个体性的忘怀,是遵循根据律的和只把握关系的那种认识方式之取消。而这时直观中的个别事物已上升为其族类的理念,有认识作用的个体人已上升为不带意志的'认识'的纯粹主体,双方是同时并举而不可分的,于是这两者(分别)作为理念和纯粹主体就不再在时间之流和一切其他关系之中了。这样,人们或是从狱室中,或是从王宫中观看日落,就没有什么区别了。"

其实这段话里你不熟悉的概念应该只有"主体"和"客体",这还恰好是最简单的概念。比如你吃饭,你是主体,饭是客体;你看画,你是主体,画是客体。你吃饭,这是受意志驱动的行为,所以你是意志主体。你看画,在审美直观里摆脱了意志的操控,这时候你虽然还是你,但你已经从吃饭时候的意志主体变成了审美时候的纯粹主体。这个时候,你和你看的画"就不再在时间之流和一切其他关系之中了"。

明白这个道理之后,你就可以重新回顾一下《人间词话》中的那段话:"自然中之物,互相关系,互相限制。然其写之于文学及美术中也,必遗其关系、限制之处,故虽写实家,亦理想家也。"现在的理解是不是更深一层了呢?只要你掌握了叔本华的哲学和美学思路,对《人间词话》里这种貌似怪诞的话就很容易理解了。

叔本华的"三种悲剧"与
《人间词话》的"境界"

(1) 三种悲剧

请你回顾一下《人间词话》中另外一段很难理解的话:"客观之诗人,不可不多阅世。阅世愈深,则材料愈丰富、愈变化,《水浒传》《红楼梦》之作者是也。主观之诗人,不必多阅世。阅世愈浅,则性情愈真,李后主是也。"诗人为什么还分主观诗人和客观诗人呢?《水浒传》和《红楼梦》的作者明明是小说家,李后主明明是词人,为什么都变成诗人了呢?《人间词话》后文又说"后主则俨有释迦、基督担荷人类罪恶之意",南唐后主李煜那样一个亡国之君怎么就像佛陀和耶稣一样承担起全人类的罪恶了呢?

先看第一个问题。把小说算在诗歌范畴里,这来自古老的西方传统。如果请你来给《奥德赛》和《伊利亚特》做图书编目,你会把它们编入诗歌类还是小说类呢?好像分在哪一类都有道理。它们作为《荷马史诗》的一部分,顾名思义,当然该算诗歌,但从内容看,它们是以长篇小说的篇幅讲述宏大的故事,本质上该算小说。今天我们能看到的《荷马史诗》英译本,有些是用诗歌体翻译的,有些是用散文体翻译的,散文体的译本看起来完全就是小说。

既然《荷马史诗》本质上是小说，为什么一开始作者不干脆写成小说的样子呢？这是因为史诗属于口头文学，又齐整又押韵的语言才方便背诵和传播。当然，荷马时代也有我们今天意义上的诗歌，它们自成一类，叫作抒情诗。华夏文明并没有史诗传统，唐诗宋词如果按照西方标准来做分类的话，几乎都可以算作抒情诗。所以说李后主是诗人，这并没错。说《水浒传》和《红楼梦》是诗，从史诗立场上看也不算错。

《水浒传》的作者到底是不是施耐庵，《红楼梦》的作者到底是不是曹雪芹，其实没有定论。我们就不在考据问题上纠缠了，遵从通常的说法，就认作施耐庵和曹雪芹好了。"四大名著"的作者身份其实都有疑点，之所以会出现这种情况，是因为在中国的文学传统里，诗人是最体面的，小说家是最不体面的。"小说"在古代被称为演义、话本、传奇，属于俗文学，不登大雅之堂。现代文学分类虽然改称"小说"，其实贬义色彩反而更重了，因为这个词最早见于《庄子·外物》，意思是"浅薄、琐屑的言论"。

今天我们看到王国维把《水浒传》和《红楼梦》的作者称为"客观之诗人"，只会觉得奇怪，并不觉得唐突，但只要我们进入王国维的时代，就会知道把小说家称为诗人是对小说家最高的赞美，而这样的赞美会让那些老派人物很不高兴。如果往前追溯，就会知道曹雪芹把毕生的精力和全部的才华都投入小说创作，是一件多么惊世骇俗的事情，让凡夫俗子们或者莫名惊诧，或者嗤之以鼻。而抬高《红楼梦》的地位，把这样一部小说当作伟大的文学作品来弘扬，发掘它深刻的美学意义，这就是王国维那部《红楼梦评论》难得的创见。

话说回来，何谓主观诗人和客观诗人，从常识来看，社会阅历深、善于描写广阔世情的就是客观诗人，相反，社会阅历浅、专注描写自己内心感受的就是主观诗人。这样的理解不算大错，但为什么不用阅历深浅来区分，而要用主观和客观来区分呢？因为这是叔本华的分类法，更加深层的含义还要到叔本华的哲学里去找。

在叔本华看来，一切文学艺术创作的目的就是通过审美直观来认识理念，只有这样才能让人短暂地摆脱意志的操纵。从这个功能意义上来说，文艺作品的主观性越弱，效果就越好，因为主观性是和欲念紧密相连的，而欲念的本质就是意志。所以，叔本华由低到高给文学体裁做了一个排序：位于最低端的是抒情诗，它的主观性最强，史诗比抒情诗高，小说比史诗高，戏剧最高。而在一切戏剧类型里，悲剧是最高级的，因为它不但和其他戏剧类型一样把主观性降到了最低，而且揭示出了人生的本质，也就是无穷无尽的苦难。观看悲剧会让我们对人生感到绝望，自觉或不自觉地放弃人生追求，更愿意选择清心寡欲的生活。而清心寡欲，乃至彻底禁欲，才是摆脱意志魔掌的最优方案。

现代社会已经不再流行悲剧了，因为物质欲望强，竞争压力大，生活节奏快，人们更愿意看喜剧和闹剧来给自己减压，而不是看悲剧来给自己添堵。而在往昔慢节奏的贵族世界，悲剧才是戏剧的主流。这些人为什么爱看悲剧，为什么明明活得很好却偏要去剧院给自己找不痛快，这是西方世界自柏拉图以来绵延两千多年的经典美学问题，理论探讨层出不穷，不是三言两语能说清的。叔本华的观点只是这个大传统、大脉络里的一环，而这样的理论很容易吸引像王国维这样天生带有悲剧气质的文人。

悲剧还可以细分，分为三种。第一种悲剧，故事里总有大反派，比如《哈姆雷特》。第二种悲剧，制造不幸的罪魁祸首不是某一两个坏人，而是盲目的命运，换言之就是偶然和错误，比如《罗密欧与朱丽叶》。第三种悲剧，既不需要有坏人，也不需要有偶然和错误，所有的不幸仅仅是剧中人不同的地位和关系造成的，说不上谁对谁错。

叔本华认为，第三种悲剧才是最可贵的，因为在这种悲剧里，不幸并不是偶然和意外发生的,也不是除掉几个坏人就能改变的,而是一种轻易就会发生的,在人最自然的性格和行为中产生的,是人的本质必然导致的。从艺术角度看,第三种悲剧的创作难度最高,艺术性也最强。王国维正是从这套理论里发现,中国的悲剧多数都是第一种,只有《红楼梦》才是真正意义上的第三种悲剧。所以他才写出一篇《红楼梦评论》,用叔本华的悲观主义哲学和美学来阐发这部小说的伟大之处。

令人遗憾的是,虽然《红楼梦》后来获得了经典地位,红学也开始蔚然大观,成为一代显学,但能流行的红学研究几乎都属于猜谜式的索隐派。你应该记得,柏拉图对这样的现象一定不会感到惊诧。

(2) 隔与不隔

从三种悲剧的优劣,我们可以看出主观性和客观性的优劣。普遍性和主观性成反比,和客观性成正比。文艺作品中的角色也好,情节也好,越有普遍性,就越能表现理念,或者反过来说,越能表现理念的角色和情节就越有普遍性。当你认为审美只是各花入各眼的时候,你就还停留在主观性上,你欣赏的是"这朵花"或"那朵花",而不是理念,可以省略"花"的定冠词。"这"和"那"一定是就关系而言的,是在时空坐标和因果关系里的特定之物,而理念之花是超越时空和因果关系的永恒构思。说"这个"是为了和"那个""那些"相区别,说"那个"是为了和"这个""这些"相区别,只有摆脱这些"关系、限制之处",也就是摆脱主观性,才能达到理念。

叔本华认为,主观性属于平庸之辈,而所有富于创造性的天才都是客观的。你还可以参考一下康德的意见,在康德的美学里,"各花入各眼"属于"感官的鉴赏",局限在感官享受的层面上,缺乏普遍适用的标准，而审美属于"反思的鉴赏"，存在普遍适用的标准。

那么，既然抒情诗的主观性最强，是文学类型的最低等级，中国的古典诗词似乎也就不值得一论了。王国维在这一点上并不赞同叔本华，他把客观诗人和主观诗人等量齐观，并不认为一首几十字的小词一定比一部百万字的小说低级，因为小词也可以高度客观，写出普遍性，比如李后主的词"俨有释迦、基督担荷人类罪恶之意"。

这个观点几十年来遭到学界的各种攻击，因为它太有哗众取宠的腔调了。像李后主这样一个活得很自我的亡国之君，连自己最基本的责任都想逃避，哪有半点"担荷人类罪恶之意"呢？但我们站在叔本华的角度就很容易理解王国维的意思了，他无非是说李后主笔下的悲伤写出了客观性、普遍性，触及了理念层面，虽然李后主表面上写的只是一己之悲，这悲伤还一点都不值得同情，但实质上他写出了人类共有的悲伤，会超越时空，被所有读到它的人感同身受。

有对比才好判断。王国维拿宋徽宗的《燕山亭》举例，说这首词写的也是亡国之君的自伤自怜，但和李后主的词一比就显得格局小了很多。我们只看《燕山亭》的前两句："裁翦冰绡，轻叠数重，淡著胭脂匀注。新样靓妆，艳溢香融，羞杀蕊珠宫女。"词句描写杏花，又是雕琢，又是用典，然后从杏花引申到亡国的悲情。这首词其实很受历代词家的推崇，但从王国维的视角来看，它表达的悲伤太个别，太没有普遍性了，换句话说，它表达的只是"这个"悲伤或者"那个"悲伤，而不是摆脱了"关系、限制之处"以后全人类的普遍悲伤。除非你和宋徽宗有同样的身世、同样的性格，否则很难产生共鸣。即便你有条件产生共鸣，这共鸣来得太慢，因为这首词的修辞太雕琢了，情绪太扭捏了。再看李后主的词，悲情扑面而来。无论是"流水落花春去也"，还是"人生长恨水长东"，哪怕是今天一个毫无人生阅历的中学生来读，任何一点琐碎的小忧伤都容易使他被词句触动。但让他去读"裁翦冰绡，轻叠数重",他一定不会有任何感受。从这个意义上说,李后主的词写得"不隔",宋徽宗词的缺点是"隔"。

隔与不隔,这是《人间词话》中另一对重要概念。之所以"隔"是不好的,简单讲,是因为它容易让人运用理性去思考,而"不隔"的诗句使人直接进入审美直观。"不隔"最直接的表现就是语言自然、感情真挚,李后主和北宋的词风就是这样的,南宋人填词往往造作,读起来让人感觉隔了一层。《人间词话》之所以推崇五代和北宋的词,在北宋之后,特别称道纳兰词,就是这个道理。

隔与不隔的背后,是叔本华抬高直观、贬低理性的哲学。叔本华认为直观才是一切知识的根源、一切真理的源泉、一切科学的基础,而理性只不过是对直观的整理和反思。所以,我们在运用理性的时候其实已经"隔了一层"。任何忠于直观的事物,比如文艺杰作,是绝对不会出错的,因为它仅仅呈现事物的本身,并不表达任何意见,而基于直观的理性与事物本身隔了一层,表达的不是事物本身,而是对事物的意见。如果你对这些内容有些费解,可以回想一下前面讲过的柏拉图对"知识"和"意见"的区分。

举一个通俗的例子,这就好像故宫里的照片是不会有错的,但当你根据这张照片写下一份《故宫导游手册》,仔细标明各类注意事项的时候,这份手册却很可能出错。再比如,《红楼梦》本身是一部文学作品,是一件艺术品,呈现出来的是作为"事物本身"的大观园的内外风情。在这个层面上,它并没有表达任何意见,而当读者以自己的理性去认识这部作品的时候,就发生了鲁迅所说的情况:经学家看见《易》,道学家看见淫,才子看见缠绵,革命家看见排满,流言家看见宫闱秘事。

(3) 境界说

当一件艺术品,或者具体一点说,一首词,一下子把我们带进审美直观,我们就离开了被时间、空间和因果律束缚着的现实世界,摆脱了意志的支配,陶醉在理念世界里。这样一个理念世界,就是一个"境界"。《人间词话》这样说:"词以境界为最上。有境界,则'自成高格,自有名句'。五代、北宋之词所以独绝者在此。"

传统文人谈诗论词,有推崇"神韵"的,有推崇"风骨"的,王国维推崇的就是"境界"。

"境界"这个词,今天一般用来形容道德修养和人生格局,常用搭配是"思想境界",而古人用这个词,或者表示"疆界",或者表示"佛法",或者表示"处境"。文天祥的《指南录后序》中的"境界危恶",意思是处境凶险,佛教华严宗有所谓"因陀罗网境界",法藏大师为了形象地说明这个境界,在一间上下左右都是镜子的房间中央,摆了一尊佛像,用火炬照亮,于是佛像的影像在这些镜子之间重重叠叠,无穷无尽,很像电影《盗梦空间》和《奇异博士》中的特效场景。

王国维说的"境界",和"疆界"的意思更近,你可以把它想象成如因陀罗网一样的存在,当你走进去,就和现实世界绝缘了。艺术给人创造幻境,诗词把你带进幻境凭的只是几行文字,这当然很难做到,所以作诗词很考验作者的功力。其实还有一种取巧的办法,那就是先用一道围墙阻断你和现实世界的联系,然后再用艺术手段给你制造幻境。你应该想到了,电影就是这么做的。

艺术幻境可以使我们自失或沉迷。不妨想想我们小时候看电影的经历,在刚刚走出电影院的那一刹那,蓦然发现自己置身于光天化日之下、车水马龙之间,油然生出无限的失落感。那种失落感,恰恰是因为我们从艺术幻境里走了出来,回到了被时间、空间与因果律所制约的现实世界，而刚刚在电影里被彻底忘怀的现实中的各种利害关系，诸如作业还没有完成，期末考试迫在眉睫，买电影票花了自己半个月的早餐钱，等等，这些琐事顿时涌上心头。

所以说，电影是一种剧场艺术，电影院并不仅仅是为了产生在家里无法达到的视听效果而存在的，而是要为我们制造一个相对陌生的环境，使我们与熟悉的世界隔离开，置于陌生人无害的包围之中，而这些陌生人在黑暗中无言的存在并不使我们和他们发生任何实际的关系，他们唯一的存在意义就是给我们制造出更多的陌生感，使我们更容易摆脱现实中的种种功利算计，更容易自失于电影所营造的艺术幻境之中。有幻境，才有境界。

词没有剧场之类的辅助设备，将读者带入艺术幻境的难度自然更高。而在同样的艺术形式之内做比较，五代、北宋的词为什么会比南宋以后的词更有境界呢？换言之，在营造艺术幻境的手法上，前者何以比后者高明？

这当然与词人的"思想境界"没有任何关系，只与时代风气和写作技巧有关。

一首词，乃至任何形式的文学作品，只要诉诸人的感性思维，做到以情动人、以景感人，就容易形成自己的艺术幻境，让读者不知不觉地陷入其中而无法自拔；但如果诉诸人的理性思维，以理服人，哪怕说出来的这个道理如何深刻，哪怕分析论证得如何缜密，最多只能引起读者的思考，却不能形成自己的艺术幻境，不可能把读者完全带入。或者，虽然诉诸感性，但雕琢太多，入场太慢，犯了"隔"的忌讳，效果也不会好。

今天的广告商比诗人更懂得这个道理，比如做汽车广告，完全不讲这款车子的任何技术参数，只是用一些精心设计的画面、一些特定的情景，让观众在不知不觉中生出代入感，感到自己分明已经拥有了这款车子，已经过上了广告画面营造出来的那种幸福生活。当广告结束，观众会生出一种犹如刚刚走出电影院一般的怅然若失的情绪。在这一刻，他们对这款汽车的感觉不再是之前的"渴望拥有"，而变为"曾经拥有过，却被无情地剥夺了"。今天的心理学知识告诉我们，后者的痛感远比前者更强，所以，广告创意人越来越钟情于营造影院效果，营造有"境界"的广告作品，尽管这是一种打过折扣的形似的"境界"，只是在诉诸人们的欲望。

最后的致意

我的读书方法论

欢迎来到熊逸书院。

你好，我是熊逸。现在，熊逸书院系列正式完稿了，我们啃下了50多部重量级的中西方经典。希望所有知识都已经内化成你的一部分，希望你已经实现了阅读开始的时候对自己的期望。

我这套书是以古代经典为线索，本质上是以好奇心为线索，所以，并不带有任何的价值倾向和工具思维。我愿意深入剖析古代经典来自哪里，为什么会成为今天我们所看到的这个样子，又如何塑造我们的社会和心理，但我不会像很多人那样情绪化地把它们奉为圭臬，过度寻求它们的现代意义和指导价值。

我的读书方法论是一以贯之的：要想理解一个点，先要理解整个坐标系，而理解坐标系，最好是把重要的原典一部部通读下来。更重要的是，不要预设立场，不要让情绪左右自己的判断。这当然是一种相当耗时耗力的读书方法，只有在极端条件下才可以完成。所谓极端条件，就像电影《海上钢琴师》或者茨威格的小说《象棋》呈现给我们的那样。但是，以那样的代价取得那样的收获，其实并不值得多数人羡慕。

在知识的天穹下，每个人都是井底之蛙，没有例外，但井口的大小和拓展井口的欲望造就不同的人生。我把自己在极端条件下仔细测量过的天空用粗分辨率画成星图，希望你在发现任何一颗新星的时候，可以快速而准确地定义它的位置，理解它存在的意义。举一个简单的例子好了，我又要说起我和万维钢老师关于佛学的那次对话。当时我在准备做出回应的时候，其实有点手足无措，因为要讨论的主题恰好是我要在本书里想要重点论说的，而且，当时也不太适合发表长篇大论。所以思来想去，我选择从语言哲学的角度对佛学的"无我"观念提出了一点疑问。但现在，当你认真看完上述这本书，你自己完全可以从一个更大的坐标里，从这个坐标的更多维度，来理解先前那个论题。

你会知道，即便现代心理学和神经科学否定了自由意志的存在，也不足以说明"为什么佛学是真的"，因为在佛学的发展过程中，关于世界和人生的真相，出现过五花八门的流派和彼此争锋的观点，实在有太多现代科学的前沿结论既可以在佛学里找到战友，也可以在佛学里遭遇敌人。如果追本溯源的话，具体到自由意志的问题上，佛陀本人悬置不论，或者说不置可否。

换一个角度，当你熟悉了西方文化传统，你也可以从哲学、基督教神学和当时被称为自然哲学的科学里找到对自由意志的否定论说，然后论证出"为什么哲学是真的"、"为什么神学是真的"或者"为什么自然哲学是真的"。如果想让结论成立的话，你必须给出更加具体的限定，改口说"为什么某些哲学、某些神学、某些自然哲学是真的"。但是，你应该知道，就算哪天新的学术研究证明了相反的观点，也就是证明了自由意志的存在，你依然可以坚持自己原有的结论，只需要把支持结论的证据从这种哲学换成那种哲学，从这种神学换成那种神学。

同样在"无我"这个问题上，东西方的关注点其实有些差异。佛学体系里主要关注的是"我"是不是一个独立自存的生命体，又能不能，或者说如果能的话，在多大程度上，可以主宰自己的人生；西方神学主要关注的是，自由意志究竟是不是善与恶的源头，是不是通往天堂或地狱的门径；而西方哲学主要关注的是，到底有没有足够扎实的证据可以证明"我"是真实存在的——相关问题是，哪些知识才是切实可靠的知识，未来是不是被历史预先决定了的，世界的真相是不是我们注定认识不到的。

所有这些问题直到今天也没有确切的答案，最底层次的逻辑仍然摆不脱从直觉得来的公理。人们一度以为笛卡儿做出的"我思故我在"是一个可靠的认知基础，但现在你已经知道，"我思"非但证明不出"我在"，就连"我思"本身也是可疑或无法证明的。那么，现代心理学和神经科学是不是真的证明了宿命论或者机械决定论成立呢？我们还是应该抱持一点审慎的怀疑，因为从现阶段的研究来看，它们只是让古老的威廉·詹姆士焕然一新，或者仅仅证明了我们的神经传输速度并不如原先想象的那么快，而距离对"无我"的证明或证伪还有很长一段路要走。

两种思路

　　读书需要同时掌握两种相反的思路：一种是化简为繁，从一片新生的树叶看出其庞大根系；另一种是化繁为简，在眼花缭乱中把握最核心的脉络。我在以上关于"无我"的这段内容里用到了第一种思路，而在理解了庞大的根系之后，我们还需要反过来应用第二种思路，拨开各种语言和概念上的迷雾，一路约分到底，找到最大公约数。然后你会发现，以上一切问题的最大公约数就是"因果律"这三个字。因果律到底是客观事实还是我们想象中的关联，对因果律本质的理解到底在不在理性的边界之内……这些古老的问题常常在改头换面之后获得新生。

　　但是，这些顽强的思考对我们的实际生活有多大用处呢？

　　它们是文化中的奢侈品，就像钻石一样，很高冷，很迷人，也很无用，偏偏卖得比我们的生活必需品，比如水，贵出无数倍。当你开始追求奢侈品，并且乐在其中的时候，你一定会明白这意味着什么。

　　正好可以借这个话题简单谈谈我本来想讨论的但没能讨论到的几本

书,这回用化繁为简的思路。

刚刚提到的那个钻石和水的悖论是18世纪英国经济学家约翰·罗(John Law)提出来的,后来被亚当·斯密引入《国富论》,从此广为人知。生命离不开水,但水很便宜,钻石几乎没用,但贵得惊人,这到底是为什么呢?经济学家们给出过各种解释,但我的理解很简单。你可以想象这样一个场景:你刚刚从沙漠旅行归来,再不喝水就要死了,你珍视你的生命,这时候宁愿用全部家产来换一瓶水喝。于是你用最后的力气喊道:"一瓶水!一瓶水!用我的王国换一瓶水!"很多人迅速围拢过来,每个人手里都拿着水,竞相压价,结果你只花了一块钱的市场价就轻松买到了水。

水的价格在极端情况下当然也可以很贵,比如当你被困在沙漠中心的时候。

不仅是水,在极端情况下,就连空气也会变得很贵。《国富论》中提到过开采银矿的成本:矿坑挖得越深,供应新鲜空气的费用就越高。只不过斯密并没有把这件事和上述悖论联系起来。至于钻石为什么值钱,你可以在我前面讲过的凡勃伦的《有闲阶级论》里找到答案,简单讲,人们除了需要满足基本生存需求和奢侈享乐,还需要"炫耀性消费"。

所以,钻石和水的价格问题并不构成悖论,道理很简单:第一,供求关系决定一切;第二,价值是主观的。

我早年读过萨缪尔森的《经济学》教科书,对开篇的一段闲话印象深刻。萨缪尔森提到经济学界流行的一个讽刺,大意是,你只要教会一只鹦鹉"供给"和"需求"这两个词,这只鹦鹉就能成为一名经济学家。这话虽然只是笑谈,但我逐渐理解到,"供给"和"需求"的关系不但是经济学最核心的脉络,同时也是我们理解社会变迁最应该抓住的主线。

《国富论》和《有闲阶级论》讲出了经济学最本质的原理。前者从社会角度讲，后者从心理角度讲，两者相辅相成。《国富论》指出了最有效率的经济模式，但我们竟然发现，那些老牌的经济自由主义国家纷纷背离了斯密的理论传统——最常见的形式，对内是各种政策偏袒和工会管制，对外是各种贸易壁垒。为什么会这样呢？一个更深入的问题是，对斯密理论传统的背离竟然成为一种普遍而长久的状态，这难道不是"自然选择"或者"看不见的手"导致的自然结果吗？

《国富论》中有一段著名的推论，大意是说，如果一个家庭在买东西的时候知道货比三家，总是去买最物美价廉的商品，那么在国家层面也应该这样做。但现实常常相反，这到底为什么，你可以回想一下我们在学霍布斯的《利维坦》时从中得到的启发，让政治学经典帮我们理解经济学原理。然后你会知道，主权国家之间的关系是一回事，大市场里的家庭内部购买者和商品提供者之间的关系是另一回事，所以，斯密的以小喻大并不成立。

而当我们认真观察家庭购买行为的时候，会发现，在越窄小、越封闭的市场上，买家对物美价廉的需求就越低。比如，在一个小县城的熟人社会里，你的购买行为会受到很多情感因素的左右：你从不去那家最物美价廉的米店里买米，因为米店老板家的孩子欺负过你家孩子；你总是去一家质次价高的豆腐店里买豆制品，虽然你心里不肯承认，但总有一股神秘力量驱使你，让你很想多看老板娘一眼。没错，价值总是主观的。然后，只要数数看世界上有多少个国家，你就会发现国际关系反而更像一个小县城或者小村镇里的熟人社会，尽管彼此缺乏熟人社会里的血缘纽带和亲密感。从这个角度来看，斯密的以小喻大反而是在以大喻小，而斯密当年致力于推翻的重商主义，在今天依然是很多人心里最牢固的常识，而怎样的常识造就怎样的价值意识。

价值与炫耀性消费

当我们以熟人社会的社群关系来理解经济现象,《有闲阶级论》是一个很好的参考。《有闲阶级论》中有两个没能说透却至关重要的道理,一是所谓价值,是高度主观的东西;二是所谓炫耀性消费,这种行为与其说依赖于稀缺的奢侈品,不如说依赖于那些怀着羡慕与忌妒的心情仰望炫耀者的人群,而这些人无时无刻不想跻身炫耀者的行列。人们会用各种手段来争夺社会位阶,不仅是人,群居动物亦如此。

你只需要想到自己读小学的经历:好孩子用成绩博取同学们的羡慕,坏孩子用欺凌收割同学们的畏惧,两者在成就感上其实并没有多少差别。老师和家长总是教育坏孩子说欺负人是不对的,即便坏孩子真的明白了这个道理,也很难"改邪归正",因为他的资质不足以在学习成绩上和好孩子竞争,却很容易在欺负人这件事上所向披靡。你可以回想本书中提到的,王国维在《人间嗜好之研究》里基于叔本华哲学做出的推理,人不但"要活",而且"要赢",不但要满足"生活之欲",还要满足"势力之欲"。所以,如果说禁止少年莫扎特学习音乐是残忍的并且是在做无用功,那么禁止坏孩子欺负人也是一样的。

改变的办法当然有,那就是找到一个不但更省力,还要更容易见效的让坏孩子获得成就感的途径。"主观价值论"可以应用在儿童教育的问题上,这也算是我一直主张的跨界读书的一点效用吧。

我们还可以由此再做出一个推论,那就是经济学理论在社会上的成功与不成功的应用以及在哪些问题上得到应用,又在哪些问题上与现实背离,很大程度上并不取决于它在自己体系内部的合理性,而取决于社会学意义上的"关系攻略"。

要想更深入地理解这个道理,社会学家牟斯的经典之作《礼物》是一个很好的门径。我们很容易理解"礼尚往来"的社会关系,但还有一些礼物是只往而不来的。有些人就是甘做冤大头，只付出而不索取，每次聚会都要抢着结账。在现代大都会里不容易出现这样的人了，而在传统的社会关系里，这种人的数量其实远比我们想象的多，这是你从儒家礼学的内容里可以推想到的。这样的人虽然不索取，但往往会获得优势地位和更高的话语权。所以你会发现，非官方的慈善事业很难发展起来，慈善家花钱竟然比赚钱还难。

话说回来，人们背离自由经济还有其他的缘故，这缘故同样出自与生俱来的天性，那就是对可控感和目的性的渴望。要理解这个道理，你只需要看看，无论文化多么先进、科技多么发达，人们对占卜和宗教的需求从来不会减弱。

你可以看一下奥克肖特的短文《巴别塔》，这篇文章把国家比作一只船，但这只船是这样行进的："在政治活动中，人们是在一个无边无底的大海上航行；既没有港口躲避，也没有海底抛锚，既没有出发地，也没有目的地，他们所做的事情就是平稳地漂浮。大海既是朋友，又是敌人，航海技术就在于利用传统行为样式的资源化敌为友。"

这样的大船一定是斯密喜欢的，但船上的多数乘客一定不会喜欢。如果你就是乘客之一，既不知道这只船漂向何方，也看不到有船长和船员整天忙忙碌碌地掌舵、扬帆，你一定会陷入迷茫，坐立不安。船长如果足够聪明的话，会让自己和船员们假装忙碌起来，还要主动制造各种危急处境，以增强乘客们对自己的依赖感，使所有人更容易服从自己的权威。他同时还要注意不能让乘客们太悠闲，哪怕打发他们毫无意义地把箱子搬过来再搬回去也好，免得他们闲下来胡思乱想。

如果你还想循着这个脉络继续深入了解，那么我推荐你读哈耶克的《致命的自负》。是的，是这本不太知名的书，而不是大名鼎鼎的《通往奴役之路》和《自由秩序原理》。你可以把《致命的自负》看成对《国富论》改变维度之后的一种印证，而这两部书又是从社会和经济层面对达尔文进化论的一种印证。

　　这样讲很容易使你误以为达尔文的《物种起源》诞生于斯密的《国富论》之前，其实事实刚好相反，是《国富论》启发了达尔文，才有了进化论。更重要的是，斯密和达尔文讲的其实是一回事。你完全可以把《国富论》看成人类社会版的《物种起源》，也可以反过来把《物种起源》看成大自然版的《国富论》。斯密那只"看不见的手"放到自然界里就变成了"自然选择"，达尔文的"自然选择"放到经济社会里就变成了"看不见的手"。如果不把人类看得比狮子、老虎有任何高贵之处的话，《物种起源》和《国富论》完全可以合二为一。

　　那么，人类的自然秩序会不会把我们带入臭名昭著的社会达尔文主义呢？启蒙主义思想家孟德斯鸠的名著《论法的精神》提出过一个和我们熟悉的"无奸不商"截然相反的论调，那就是"贸易促进道德"。用今天的博弈论知识来理解就很简单了：孟德斯鸠所谓的贸易并不是指一锤子买卖，而是特指重复博弈。这就像常识让我们知道的：居民小区里的餐厅在大概率上比旅游景区的餐厅更可靠。

　　在这个问题上，克鲁泡特金的《互助论》会从另一个角度给我们很好的启发。你会从我们这个化繁为简的脉络里发现，《互助论》所展示的正是从供求关系和人类作为群居动物的天性来探究社会的本质的，尽管它的论证强度被作者的理想主义情怀冲淡了不少。

　　没关系，被冲淡的部分正好可以用《有闲阶级论》来填补。

　　然后你也许还会想到，从《有闲阶级论》的角度来看，买这本书来读是不是也属于一种炫耀性消费呢？也许不是，因为你仅仅像我一样，对世界充满好奇；也许是，因为拥有越是没用却昂贵的东西才越能展现人的价值。

暂别

在跟你暂别的这个时候,我想起了20世纪50年代的一首英文老歌《神龙帕夫》(*Puff the magic dragon*),这首歌说的是一个名叫奇奇·培培的小孩子在神龙帕夫的陪伴下度过了美好的童年,但小孩子总会长大,旧的玩具总会被冷落,于是,"彩色的翅膀和巨大的圆环被其他玩具取代,从一个灰暗的夜里开始,奇迹不再出现。神龙帕夫停止了它勇敢的嘶吼,伤心地垂下头,绿色的鳞片如雨点一般散落。失去了奇奇·培培的陪伴,神龙帕夫再也不去樱桃小径上玩耍了,孤零零躲进了山洞里"。

好吧,我并不想说得这么煽情,所以最后用一个知识问答来调节一下气氛。我的问题是:在这一部分,我隐含地用到了两个典故,你能够发现它们吗?

※附 录

《人间词话》

《人间词话》原文

一

词以境界为最上。有境界则自成高格,自有名句。五代、北宋之词所以独绝者在此。

二

有造境,有写境,此理想与写实二派之所由分。然二者颇难分别。因大诗人所造之境,必合乎自然,所写之境,亦必邻于理想故也。

三

有有我之境,有无我之境。"泪眼问花花不语,乱红飞过秋千去。""可堪孤馆闭春寒,杜鹃声里斜阳暮。"有我之境也。"采菊东篱下,悠然见南山。""寒波澹澹起,白鸟悠悠下。"无我之境也。有我之境,以我观物，故物皆著我之色彩。无我之境，以物观物，故不知何者为我，何者为物。古人为词，写有我之境者为多，然未始不能写无我之境，此在豪杰之士能自树立耳。

四

无我之境，人惟于静中得之。有我之境，于由动之静时得之。故一优美，一宏壮也。

五

自然中之物，互相关系，互相限制。然其写之于文学及美术中也，必遗其关系、限制之处，故虽写实家，亦理想家也。又虽如何虚构之境，其材料必求之于自然，而其构造，亦必从自然之法则。故虽理想家，亦写实家也。

六

境非独谓景物也。喜怒哀乐，亦人心中之一境界。故能写真景物、真感情者，谓之有境界。否则谓之无境界。

七

"红杏枝头春意闹",著一"闹"字,而境界全出。"云破月来花弄影",著一"弄"字,而境界全出矣。

八

境界有大小,不以是而分优劣。"细雨鱼儿出,微风燕子斜",何遽不若"落日照大旗,马鸣风萧萧"。"宝帘闲挂小银钩",何遽不若"雾失楼台,月迷津渡"也。

九

严沧浪《诗话》谓:"盛唐诸公(《诗话》"公"作"人"),唯在兴趣。羚羊挂角,无迹可求。故其妙处,透澈("澈"作"彻")玲珑,不可凑拍("拍"作"泊")。如空中之音、相中之色、水中之影("影"作"月")、镜中之象,言有尽而意无穷。"余谓:北宋以前之词,亦复如是。然沧浪所谓兴趣,阮亭所谓神韵,犹不过道其面目;不若鄙人拈出"境界"二字,为探其本也。

一〇

太白纯以气象胜。"西风残照，汉家陵阙"，寥寥八字，遂关千古登临之口。后世唯范文正之《渔家傲》，夏英公之《喜迁莺》，差足继武，然气象已不逮矣。

一一

张皋文谓飞卿之词"深美闳约"。余谓：此四字唯冯正中足以当之。刘融斋谓飞卿"精艳（当作'妙'）绝人"，差近之耳。

一二

"画屏金鹧鸪"，飞卿语也，其词品似之。"弦上黄莺语"，端己语也，其词品亦似之。正中词品，若欲于其词句中求之，则"和泪试严妆"，殆近之欤？

一三

南唐中主词："菡萏香销翠叶残，西风愁起绿波间。"大有众芳芜秽，美人迟暮之感。乃古今独赏其"细雨梦回鸡塞远，小楼吹彻玉笙寒"，故知解人正不易得。

一四

温飞卿之词,句秀也。韦端己之词,骨秀也。李重光之词,神秀也。

一五

词至李后主而眼界始大,感慨遂深,遂变伶工之词而为士大夫之词。周介存置诸温、韦之下,可谓颠倒黑白矣。"自是人生长恨水长东。""流水落花春去也,天上人间。"《金荃》《浣花》,能有此气象耶?

一六

词人者,不失其赤子之心者也。故生于深宫之中,长于妇人之手,是后主为人君所短处,亦即为词人所长处。

一七

客观之诗人,不可不多阅世。阅世愈深,则材料愈丰富,愈变化,《水浒传》《红楼梦》之作者是也。主观之诗人,不必多阅世。阅世愈浅,则性情愈真,李后主是也。

一八

尼采谓："一切文学，余爱以血书者。"后主之词，真所谓以血书者也。宋道君皇帝《燕山亭》词亦略似之。然道君不过自道身世之戚，后主则俨有释迦、基督担荷人类罪恶之意，其大小固不同矣。

一九

冯正中词虽不失五代风格，而堂庑特大，开北宋一代风气。与中、后二主词皆在《花间》范围之外，宜《花间集》中不登其只字也。

二○

正中词除《鹊踏枝》《菩萨蛮》十数阕最煊赫外，如《醉花间》之"高树鹊衔巢，斜月明寒草"，余谓：韦苏州之"流萤渡高阁"，孟襄阳之"疏雨滴梧桐"，不能过也。

二一

欧九《浣溪沙》词："绿杨楼外出秋千。"晁补之谓：只一"出"字，便后人所不能道。余谓：此本于正中《上行杯》词"柳外秋千出画墙"，但欧语尤工耳。

二二

梅圣（原误作"舜"）俞《苏幕遮》词："落尽梨花春事（当作'又'）了。满地斜（当作'残'）阳，翠色和烟老。"刘融斋谓：少游一生似专学此种。余谓：冯正中《玉楼春》词："芳菲次第长相续，自是情多无处足。尊前百计得春归，莫为伤春眉黛促。"永叔一生似专学此种。

二三

人知和靖《点绛唇》、圣（原误作"舜"）俞《苏幕遮》、永叔《少年游》（原脱"游"）三阕为咏春草绝调。不知先有正中"细雨湿流光"五字，皆能摄春草之魂者也。

二四

《诗·蒹葭》一篇，最得风人深致。晏同叔之"昨夜西风凋碧树。独上高楼，望尽天涯路"，意颇近之。但一洒落，一悲壮耳。

二五

"我瞻四方，蹙蹙靡所骋。"诗人之忧生也，"昨夜西风凋碧树。独上高楼，望尽天涯路"似之。"终日驰车走，不见所问津。"诗人之忧世也，"百草千花寒食路。香车系在谁家树"似之。

二六

古今之成大事业、大学问者，必经过三种之境界："昨夜西风凋碧树。独上高楼，望尽天涯路。"此第一境也。"衣带渐宽终不悔，为伊消得人憔悴。"此第二境也。"众里寻他千百度，回头蓦见（当作"蓦然回首"），那人正（当作"却"）在，灯火阑珊处。"此第三境也。此等语皆非大词人不能道。然遽以此意解释诸词，恐为晏、欧诸公所不许也。

二七

永叔"人间（当作"生"）自是有情痴，此恨不关风与月"，"直须看尽洛城花，始与（当作"共"）东（当作"春"）风容易别"，于豪放之中有沉着之致，所以尤高。

二八

冯梦华《宋六十一家词选·序例》谓："淮海、小山，古之伤心人也。其淡语皆有味，浅语皆有致。"余谓此唯淮海足以当之。小山矜贵有余,但可方驾子野、方回,未足抗衡淮海也。

二九

少游词境最为凄婉。至"可堪孤馆闭春寒,杜鹃声里斜阳暮",则变而凄厉矣。东坡赏其后二语〔一〕,犹为皮相。

三〇

"风雨如晦,鸡鸣不已。""山峻高以蔽日兮,下幽晦以多雨。霰雪纷其无垠兮,云霏霏而承宇。""树树皆秋色,山山尽(当作'唯')落晖。""可堪孤馆闭春寒,杜鹃声里斜阳暮。"气象皆相似。

三一

昭明太子称:陶渊明诗"跌宕昭彰,独超众类。抑扬爽朗,莫之与京"。王无功称:薛收赋"韵趣高奇,词义晦远。嵯峨萧瑟,真不可言"。词中惜少此二种气象,前者唯东坡,后者唯白石,略得一二耳。

三二

词之雅郑,在神不在貌。永叔、少游虽作艳语,终有品格。方之美成,便有淑女与倡伎之别。

三三

美成深远之致不及欧、秦。唯言情体物,穷极工巧,故不失为第一流之作者。但恨创调之才多,创意之才少耳。

三四

词忌用替代字。美成《解语花》之"桂华流瓦",境界极妙。惜以"桂华"二字代"月"耳。梦窗以下,则用代字更多。其所以然者,非意不足,则语不妙也。盖意足则不暇代,语妙则不必代。此少游之"小楼连苑"、"绣毂雕鞍",所以为东坡所讥也。

三五

沈伯时《乐府指迷》云:"说桃不可直说破(原无"破"字,据《花草粹编》附刊本《乐府指迷》加。)桃,须用'红雨''刘郎'等字。咏(原作"说")柳不可直说破柳,须用'章台''灞岸'等字。"若惟恐人不用代字者。果以是为工，则古今类书具在，又安用词为耶？宜其为《提要》所讥也。

三六

美成《青玉案》(当作《苏幕遮》)词："叶上初阳干宿雨。水面清圆，一一风荷举。"此真能得荷之神理者。觉白石《念奴娇》《惜红衣》二词，犹有隔雾看花之恨。

三七

东坡《水龙吟》咏杨花，和韵而似元唱。章质夫词，元唱而似和韵。才之不可强也如是！

三八

咏物之词，自以东坡《水龙吟》为最工，邦卿《双双燕》次之。白石《暗香》《疏影》，格调虽高，然无一语道着，视古人"江边一树垂垂发"等句何如耶？

三九

　　白石写景之作，如"二十四桥仍在，波心荡、冷月无声"，"数峰清苦，商略黄昏雨"，"高树晚蝉，说西风消息"，虽格韵高绝，然如雾里看花，终隔一层。梅溪、梦窗诸家写景之病，皆在一"隔"字。北宋风流，渡江遂绝。抑真有运会存乎其间耶？

四〇

　　问"隔"与"不隔"之别，曰：陶、谢之诗不隔，延年则稍隔矣。东坡之诗不隔，山谷则稍隔矣。"池塘生春草"、"空梁落燕泥"等二句，妙处唯在不隔。词亦如是。即以一人一词论，如欧阳公《少年游》咏春草上半阕云："阑干十二独凭春，晴碧远连云。千里万里，二月三月（此两句原倒置），行色苦愁人。"语语都在目前，便是不隔。至云："谢家池上，江淹浦畔"，则隔矣。白石《翠楼吟》："此地。宜有词仙，拥素云黄鹤，与君游戏。玉梯凝望久，叹芳草、萋萋千里。"便是不隔。至"酒祓清愁，花消英气"，则隔矣。然南宋词虽不隔处，比之前人，自有浅深厚薄之别。

四一

　　"生年不满百，常怀千岁忧。昼短苦夜长，何不秉烛游？""服食求神仙，多为药所误。不如饮美酒，被服纨与素。"写情如此，方为不隔。

"采菊东篱下，悠然见南山。山气日夕佳，飞鸟相与还。""天似穹庐，笼盖四野。天苍苍。野茫茫。风吹草低见牛羊。"写景如此，方为不隔。

四二

古今词人格调之高，无如白石。惜不于意境上用力，故觉无言外之味，弦外之响，终不能与于第一流之作者也。

四三

南宋词人，白石有格而无情，剑南有气而乏韵。其堪与北宋人颉颃者，唯一幼安耳。近人祖南宋而祧北宋，以南宋之词可学，北宋不可学也。学南宋者，不祖白石，则祖梦窗，以白石、梦窗可学，幼安不可学也。学幼安者率祖其粗犷、滑稽，以其粗犷、滑稽处可学，佳处不可学也。幼安之佳处，在有性情，有境界。即以气象论，亦有"横素波、干青云"之概，宁后世龌龊小生所可拟耶？

四四

东坡之词旷，稼轩之词豪。无二人之胸襟而学其词，犹东施之效捧心也。

四五

读东坡、稼轩词，须观其雅量高致，有伯夷、柳下惠之风。白石虽似蝉蜕尘埃，然终不免局促辕下。

四六

苏、辛，词中之狂。白石犹不失为狷。若梦窗、梅溪、玉田、草窗、中（当作"西"，《删稿》三十五可证。）麓辈，面目不同，同归于乡愿而已。

四七

稼轩《中秋饮酒达旦，用〈天问〉体作〈木兰花慢〉以送月》曰："可怜今夕月，向何处、去悠悠？是别有人间，那边才见，光景东头。"词人想像，直悟月轮绕地之理，与科学家密合，可谓神悟。

四八

周介存谓："梅溪词中，喜用'偷'字，足以定其品格。"刘融斋谓："周旨荡而史意贪。"此二语令人解颐。

四九

介存谓：梦窗词之佳者，如"水光云影，摇荡绿波，抚玩无极，追寻已远"。余览《梦窗甲乙丙丁稿》中，实无足当此者。有之，其"隔江人在雨声中，晚风菰叶生秋怨"二语乎？

五〇

梦窗之词，吾得取其词中之一语以评之，曰："映梦窗凌（当作"零"）乱碧。"玉田之词，余得取其词中之一语以评之，曰："玉老田荒。"

五一

"明月照积雪"、"大江流日夜"、"中天悬明月"、"黄（当作"长"）河落日圆"，此种境界，可谓千古壮观。求之于词，唯纳兰容若塞上之作，如《长相思》之"夜深千帐灯"，《如梦令》之"万帐穹庐人醉，星影摇摇欲坠"差近之。

五二

纳兰容若以自然之眼观物，以自然之舌言情。此由初入中原，未染汉人风气，故能真切如此。北宋以来，一人而已。

五三

陆放翁跋《花间集》，谓："唐季五代，诗愈卑，而倚声者辄简古可爱。能此不能彼，未可（当作"易"）以理推也。"《提要》驳之，谓："犹能举七十斤者，举百斤则蹶，举五十斤则运掉自如。"其言甚辨。然谓词必易于诗，余未敢信。善乎陈卧子之言曰："宋人不知诗而强作诗，故终宋之世无诗。然其欢愉愁苦（当作"怨"）之致，动于中而不能抑者，类发于诗馀，故其所造独工。"五代词之所以独胜，亦以此也。

五四

四言敝而有《楚辞》，《楚辞》敝而有五言，五言敝而有七言，古诗敝而有律绝，律绝敝而有词。盖文体通行既久，染指遂多，自成习套。豪杰之士，亦难于其中自出新意，故遁而作他体，以自解脱。一切文体所以始盛终衰者，皆由于此。故谓文学后不如前，余未敢信。但就一体论，则此说固无以易也。

五五

诗之《三百篇》《十九首》，词之五代、北宋，皆无题也。非无题也，诗词中之意，不能以题尽之也。自《花庵》《草堂》每调立题，并古人无题之词亦为之作题。如观一幅佳山水，而即曰此某山某河，可乎？诗有题而诗亡，词有题而词亡，然中材之士，鲜能知此而自振拔者矣。

五六

　　大家之作，其言情也必沁人心脾，其写景也必豁人耳目。其辞脱口而出，无矫揉妆束之态。以其所见者真，所知者深也。诗词皆然。持此以衡古今之作者，可无大误也。

五七

　　人能于诗词中不为美刺投赠之篇，不使隶事之句，不用粉饰之字，则于此道已过半矣。

五八

　　以《长恨歌》之壮采，而所隶之事，只"小玉、双成"四字，才有余也。梅村歌行，则非隶事不办。白、吴优劣，即于此见。不独作诗为然，填词家亦不可不知也。

五九

　　近体诗体制，以五七言绝句为最尊，律诗次之，排律最下。盖此体于寄兴言情，两无所当，殆有韵之骈体文耳。词中小令如绝句，长调似律诗，若长调之《百字令》《沁园春》等，则近于排律矣。

六○

诗人对宇宙人生，须入乎其内，又须出乎其外。入乎其内，故能写之。出乎其外，故能观之。入乎其内，故有生气。出乎其外，故有高致。美成能入而不出。白石以降，于此二事皆未梦见。

六一

诗人必有轻视外物之意，故能以奴仆命风月。又必有重视外物之意，故能与花鸟共忧乐。

六二

"昔为倡家女，今为荡子妇。荡子行不归，空床难独守。""何不策高足，先据要路津？无为久贫（当作"守穷"）贱，轗轲长苦辛。"可谓淫鄙之尤。然无视为淫词、鄙词者，以其真也。五代、北宋之大词人亦然。非无淫词，读之者但觉其亲切动人。非无鄙词，但觉其精力弥满。可知淫词与鄙词之病，非淫与鄙之病，而游词之病也。"岂不尔思，室是远而。"而子曰："未之思也，夫何远之有？"恶其游也。

六三

"枯藤老树昏鸦。小桥流水平沙（当作"人家"）。古道西风瘦马。夕阳西下。断肠人在天涯。"此元人马东篱《天净沙》小令也。寥寥数语，深得唐人绝句妙境。有元一代词家，皆不能办此也。

六四

白仁甫《秋夜梧桐雨》剧，沉雄悲壮，为元曲冠冕。然所作《天籁词》，粗浅之甚，不足为稼轩奴隶。岂创者易工，而因者难巧欤？抑人各有能有不能也？读者观欧、秦之诗远不如词，足透此中消息。

宣统庚戌九月脱稿于京师宣武城南寓庐

《人间词话》删稿

一

白石之词,余所最爱者,亦仅二语,曰:"淮南皓月冷千山,冥冥归去无人管。"

二

双声、叠韵之论,盛于六朝,唐人犹多用之。至宋以后,则渐不讲,并不知二者为何物。乾嘉间,吾乡周松霭先生(春)著《杜诗双声叠韵谱括略》,正千馀年之误,可谓有功文苑者矣。其言曰:"两字同母谓之双声,两字同韵谓之叠韵。"余按用今日各国文法通用之语表之,则两字同一子音者谓之双声。如《南史·羊元保传》之"官家恨狭,更广八分","官家更广"四字,皆从"k"得声。《洛阳伽蓝记》之"狞奴慢骂","狞奴"二字,皆从"n"得声。"慢骂"二字,皆从"m"得声也。两字同一母音者,谓之叠韵。如梁武帝"后牖有朽柳","后牖有"三字，双声而兼叠韵。"有朽柳"三字，其母音皆为"u"。刘孝绰之"梁皇长康强"，"梁长强"三字，其母音皆为"iɑn"也。自李淑《诗苑》伪造沈约之说，以双声叠韵为诗中八病之二，后世诗家多废而不讲，亦不复用之于词。余谓苟于词之荡漾处多用叠韵，促节处用双声，则其铿锵可诵，必有过于前人者。惜世之专讲音律者，尚未悟此也！〔按：此则在原稿内已删去。〕

三

世人但知双声之不拘四声，不知叠韵亦不拘平、上、去三声。凡字之同母者，虽平仄有殊，皆叠韵也。〔按：原稿此则已删去。今补。〕

四

诗至唐中叶以后，殆为羔雁之具矣。故五代、北宋之诗，佳者绝少，而词则为其极盛时代。即诗词兼擅如永叔、少游者，词胜于诗远甚。以其写之于诗者，不若写之于词者之真也。至南宋以后，词亦为羔雁之具，而词亦替矣。（《文学小言》十三此下有"除稼轩一人外"六字注。）此亦文学升降之一关键也。

五

曾纯甫中秋应制,作《壶中天慢》词,自注云:"是夜,西兴亦闻天乐。"谓宫中乐声,闻于隔岸也。毛子晋谓:"天神亦不以人废言。"近冯梦华复辨其诬。不解"天乐"二字文义,殊笑人也![按:曾觌此词,原为《海野词》所未载,殆毛晋据《武林旧事》卷七补录。调名下小字注,亦出自《武林旧事》,实非曾觌自注。]

六

北宋名家以方回为最次。其词如历下、新城之诗,非不华赡,惜少真味。

七

散文易学而难工,骈文难学而易工。近体诗易学而难工,古体诗难学而易工。小令易学而难工,长调难学而易工。

八

古诗云:"谁能思不歌?谁能饥不食?"诗词者,物之不得其平而鸣者也。故欢愉之辞难工，愁苦之言易巧。

九

社会上之习惯，杀许多之善人。文学上之习惯，杀许多之天才。

一○

昔人论诗词，有景语、情语之别。不知一切景语，皆情语也。[按：原稿此则已删去。]

一一

词家多以景寓情。其专作情语而绝妙者，如牛峤之"甘（当作"须"）作一生拚，尽君今日欢"，顾敻之"换我心为你心，始知相忆深"，欧阳修之"衣带渐宽终不悔，为伊消得人憔悴"，美成之"许多烦恼，只为当时，一饷留情"，此等词求之古今人词中，曾不多见。

一二

词之为体，要眇宜修。能言诗之所不能言，而不能尽言诗之所能言。诗之境阔，词之言长。

一三

言气质，言神韵，不如言境界。有境界，本也。气质、神韵，末也。有境界而二者随之矣。

一四

"西（当作"秋"）风吹渭水，落日（当作"叶"）满长安。"美成以之入词，白仁甫以之入曲，此借古人之境界为我之境界者也。然非自有境界，古人亦不为我用。

一五

长调自以周、柳、苏、辛为最工。美成《浪淘沙慢》二词，精壮顿挫，已开北曲之先声。若屯田之《八声甘州》，东坡之《水调歌头》，则伫兴之作，格高千古，不能以常调论也。

一六

　　稼轩《贺新郎》词"送茂嘉十二弟",章法绝妙。且语语有境界,此能品而几于神者。然非有意为之,故后人不能学也。

一七

　　稼轩《贺新郎》词:"柳暗凌波路。送春归猛风暴雨,一番新绿。"又《定风波》词:"从此酒酣明月夜。耳热。""绿""热"二字,皆作上去用。与韩玉《东浦词·贺新郎》以"玉""曲"叶"注""女",《卜算子》以"夜""谢"叶"食""月"(按"食"当作"节","食"在词中既非韵,在词韵中与"月"又非同部,想系笔误),已开北曲四声通押之祖。

一八

　　谭复堂《箧中词选》谓:"蒋鹿潭《水云楼词》与成容若、项莲生,二(原作'三',依《箧中词》卷五改。)百年间,分鼎三足。"然《水云楼词》小令颇有境界,长调惟存气格。《忆云词》精实有馀,超逸不足,皆不足与容若比。然视皋文、止庵辈,则倜乎远矣。

一九

词家时代之说，盛于国初。竹垞谓：词至北宋而大，至南宋而深。后此词人，群奉其说。然其中亦非无具眼者。周保绪曰："南宋下不犯北宋拙率之病，高不到北宋浑涵之诣。"又曰："北宋词多就景叙情，故珠圆玉润，四照玲珑。至稼轩、白石，一变而为即事叙景，使深者反浅，曲者反直。"潘四农德舆曰："词滥觞于唐，畅于五代，而意格之闳深曲挚，则莫盛于北宋。词之有北宋，犹诗之有盛唐。至南宋则稍衰矣。"刘融斋熙载曰："北宋词用密亦疏、用隐亦亮、用沉亦快、用细亦阔、用精亦浑。南宋只是掉转过来。"可知此事自有公论。虽止庵词颇浅薄，潘、刘尤甚。然其推尊北宋，则与明季云间诸公，同一卓识也。

二〇

唐五代北宋之词，可谓生香真色。若云间诸公，则彩花耳。湘真且然，况其次也者乎？

二一

《衍波词》之佳者，颇似贺方回。虽不及容若，要在浙中诸子［按：据原稿"浙中诸子"四字作"锡鬯、其年"］之上。

二二

近人词如《复堂词》之深婉,《彊村词》之隐秀,皆在半塘老人上。彊村学梦窗而情味较梦窗反胜。盖有临川、庐陵之高华,而济以白石之疏越者。学人之词,斯为极则。然古人自然神妙处,尚未见及。

二三

宋直方(原作"尚木",误。案"徵舆"字"直方","尚木"乃"徵璧"字,因据改。)《蝶恋花》:"新样罗衣浑弃却,犹寻旧日春衫著。"谭复堂《蝶恋花》:"连理枝头侬与汝,千花百草从渠许。"可谓寄兴深微。

二四

《半唐丁稿》中和冯正中《鹊踏枝》十阕,乃《鹜翁词》之最精者。"望远愁多休纵目"等阕,郁伊惝恍,令人不能为怀。《定稿》只存六阕,殊为未允也。

二五

固哉,皋文之为词也！飞卿《菩萨蛮》、永叔《蝶恋花》、子瞻

《卜算子》，皆兴到之作，有何命意？皆被皋文深文罗织。阮亭《花草蒙拾》谓："坡公命宫磨蝎，生前为王珪、舒亶辈所苦，身后又硬受此差排。"由今观之，受差排者，独一坡公已耶？

二六

贺黄公谓："姜论史词，不称其'软语商量'，而赏（原作"称"，依《词筌》改。）其'柳昏花暝'，固知不免项羽学兵法之恨。"然"柳昏花暝"，自是欧、秦辈句法，前后有画工化工之殊。吾从白石，不能附和黄公矣。

二七

"池塘春草谢家春，万古千秋五字新。传语闭门陈正字，可怜无补费精神。"此遗山论诗绝句也。梦窗、玉田辈，当不乐闻此语。

二八

朱子《清邃阁论诗》谓："古人诗中（原无"诗中"两字，依《朱子大全》增。）有句，今人诗更无句，只是一直说将去。这般（原无"诗"字）一日作百首也得。"余谓北宋之词有句，南宋以后便无句。如玉田、草窗之词，所谓"一日作百首也得"者也。

二九

朱子谓："梅圣俞诗，不是平淡，乃是枯槁。"余谓草窗、玉田之词亦然。

三〇

"自怜诗酒瘦，难应接，许多春色。""能几番游？看花又是明年。"此等语亦算警句耶？乃值如许笔力！

三一

文文山词，风骨甚高，亦有境界，远在圣与、叔夏、公谨诸公之上。亦如明初诚意伯词，非季迪、孟载诸人所敢望也。

三二

和凝《长命女》词："天欲晓。宫漏穿花声缭绕，窗里星光少。 冷霞寒侵帐额，残月光沉树杪。梦断锦闱空悄悄。强起愁眉小。"此词前半，不减夏英公《喜迁莺》也。

三三

宋《李希声诗话》曰："唐（当作"古"）人作诗，正以风调高古为主。虽意远语疏，皆为佳作。后人有切近的当、气格凡下者，终使人可憎。"余谓北宋词亦不妨疏远。若梅溪以降，正所谓"切近的当、气格凡下"者也。

三四

自竹垞痛贬《草堂诗馀》而推《绝妙好词》，后人群附和之。不知《草堂》虽有亵诨之作，然佳词恒得十之六七。《绝妙好词》则除张、范、辛、刘诸家外，十之八九，皆极无聊赖之词。古人云：小好小惭，大好大惭，洵非虚语。［按："古人云"以下共十五字，原稿已改作"甚矣，人之贵耳贱目也！"］

三五

梅溪、梦窗、玉田、草窗、西麓诸家，词虽不同，然同失之肤浅。

虽时代使然，亦其才分有限也。近人弃周鼎而宝康瓠，实难索解。

三六

余友沈昕伯纮自巴黎寄余《蝶恋花》一阕云："帘外东风随燕到。春色东来，循我来时道。一霎围场生绿草，归迟却怨春来早。 锦绣一城春水绕。庭院笙歌，行乐多年少。著意来开孤客抱，不知名字闲花鸟。"此词当在晏氏父子间，南宋人不能道也。

三七

"君王枉把平陈业，换得雷塘数亩田。"政治家之言也。"长陵亦是闲邱陇，异日谁知与仲多？"诗人之言也。政治家之眼，域于一人一事。诗人之眼，则通古今而观之。词人观物，须用诗人之眼，不可用政治家之眼。故感事、怀古等作，当与寿词同为词家所禁也。

三八

宋人小说，多不足信。如《雪舟脞语》谓：台州知府唐仲友眷官伎严蕊奴。朱晦庵系治之。及晦庵移去，提刑岳霖行部至台，蕊乞自便。岳问曰："去将安归？"蕊赋《卜算子》词云："住也如何住"云云。案此词系仲友戚高宣教作,使蕊歌以侑觞者,见朱子《纠唐仲友奏牍》。则《齐东野语》所纪朱、唐公案,恐亦未可信也。

三九

《沧浪》《凤兮》二歌,已开《楚辞》体格。然《楚辞》之最工者,推屈原、宋玉,而后此之王褒、刘向之词不与焉。五古之最工者,实推阮嗣宗、左太冲、郭景纯、陶渊明,而前此曹、刘,后此陈子昂、李太白不与焉。词之最工者,实推后主、正中、永叔、少游、美成,而后此南宋诸公不与焉。[按:末句原稿作:"前此温、韦,后此姜、吴,皆不与焉。"]

四〇

唐五代之词,有句而无篇。南宋名家之词,有篇而无句。有篇有句,唯李后主降宋后之作,及永叔、子瞻、少游、美成、稼轩数人而已。

四一

唐五代北宋之词家,倡优也。南宋后之词家,俗子也。二者其失相等。但词人之词,宁失之倡优,不失之俗子。以俗子之可厌,较倡优为甚故也。

四二

《蝶恋花》"独倚危楼"一阕,见《六一词》,亦见《乐章集》。余谓:屯田轻薄子,只能道"奶奶兰心蕙性"耳。(原注:此等语固非欧公不能道也。)[按:以上二则,据原稿补。]

四三

读《会真记》者,恶张生之薄倖,而恕其奸非。读《水浒传》者,恕宋江之横暴,而责其深险。此人人之所同也。故艳词可作,唯万不可作儇薄语。龚定庵诗云:"偶赋凌云偶倦飞,偶然闲慕遂初衣。偶逢锦瑟佳人问,便说寻春为汝归。"其人之凉薄无行,跃然纸墨间。余辈读耆卿、伯可词,亦有此感。视永叔、希文小词何如耶?

四四

词人之忠实,不独对人事宜然。即对一草一木,亦须有忠实之意,否则所谓游词也。

四五

读《花间》《尊前集》，令人回想徐陵《玉台新咏》。读《草堂诗馀》，令人回想韦縠《才调集》。读朱竹垞《词综》，张皋文、董子远（原误作"晋卿"）《词选》，令人回想沈德潜《三朝诗别裁集》。

四六

明季国初诸老之论词，大似袁简斋之论诗，其失也，纤小而轻薄。竹垞以降之论词者，大似沈归愚，其失也，枯槁而庸陋。

四七

东坡之旷在神，白石之旷在貌。白石如王衍口不言阿堵物，而暗中为营三窟之计，此其所以可鄙也。

四八

"纷吾既有此内美兮，又重之以修能。"文字之事，于此二者，不能缺一。然词乃抒情之作，故尤重内美。无内美而但有修能，则白石耳。

四九

诗人视一切外物,皆游戏之材料也。然其游戏,则以热心为之。故诙谐与严重二性质,亦不可缺一也。

〔按:此二则通行本未载,从原稿补。〕

《人间词话》附录

一

蕙风词小令似叔原,长调亦在清真、梅溪间,而沉痛过之。彊村虽富丽精工,犹逊其真挚也。天以百凶成就一词人,果何为哉!

二

蕙风《洞仙歌》(秋日游某氏园)及《苏武慢》(寒夜闻角)二阕,境似清真,集中他作,不能过之。

——以上赵万里录自《蕙风琴趣》评语

三

彊村词,余最赏其《浣溪沙》"独鸟冲波去意闲"二阕,笔力峭拔,非他词可能过之。

四

蕙风《听歌》诸作，自以《满路花》为最佳。至《题香南雅集图》诸词，殊觉泛泛，无一言道着。

——以上赵万里自《丙寅日记》所记观堂论学语中摘出

五

（皇甫松）词，黄叔旸称其《摘得新》二首，为有达观之见。余谓不若《忆江南》二阕，情味深长，在乐天、梦得［补注］上也。

六

端己词情深语秀，虽规模不及后主、正中，要在飞卿之上。观昔人颜、谢优劣论可知矣。

七

（毛文锡）词比牛、薛诸人，殊为不及。叶梦得谓："文锡词以质直为情致，殊不知流于率露。诸人评庸陋词者，必曰：此仿毛文锡之《赞成功》而不及者。"［补注］其言是也。

八

（魏承班）词逊于薛昭蕴、牛峤，而高于毛文锡，然皆不如王衍。五代词以帝王为最工，岂不以无意于求工欤？

九

（顾）夐词在牛给事、毛司徒间。《浣溪沙》"春色迷人"一阕，亦见《阳春录》。与《河传》、《诉衷情》数阕，当为夐最佳之作矣。

一○

（毛熙震，）周密《齐东野语》称其词新警而不为儇薄。余尤爱其《后庭花》，不独意胜，即以调论，亦有隽上清越之致，视文锡蔑如也。

一一

（阎选）词唯《临江仙》第二首有轩翥之意，馀尚未足与于作者也。

一二

昔沈文悫深赏（张）泌"绿杨花扑一溪烟"为晚唐名句。然其词如"露浓香泛小庭花"，较前语似更幽艳。

一三

（孙光宪词，）昔黄玉林赏其"一庭花（当作"疏"）雨湿春愁"为古今佳句。余以为不若"片帆烟际闪孤光"，尤有境界也。

——以上录自《唐五代二十一家词辑》诸跋

一四

（周清真）先生于诗文无所不工，然尚未尽脱古人蹊径。平生著述，自以乐府为第一。词人甲乙，宋人早有定论。惟张叔夏病其意趣不高远。然北宋人如欧、苏、秦、黄，高则高矣，至精工博大，殊不逮先生。故以宋词比唐诗，则东坡似太白，欧、秦似摩诘，耆卿似乐天，方回、叔原则大历十子之流。南宋惟一稼轩可比昌黎。而词中老杜，则非先生不可。昔人以耆卿比少陵，犹为未当也。

一五

（清真）先生之词，陈直斋谓其多用唐人诗句檃栝入律，浑然天成。张玉田谓其善于融化诗句，然此不过一端。不如强焕云："模写物态，曲尽其妙。"为知言也。

一六

山谷云："天下清景，不择贤愚而与之，然吾特疑端为我辈设。"诚哉是言！抑岂独清景而已，一切境界，无不为诗人设。世无诗人，即无此种境界。夫境界之呈于吾心而见于外物者，皆须臾之物。惟诗人能以此须臾之物，镌诸不朽之文字，使读者自得之。遂觉诗人之言，字字为我心中所欲言，而又非我之所能自言，此大诗人之秘妙也。境界有二：有诗人之境界，有常人之境界。诗人之境界，惟诗人能感之而能写之，故读其诗者，亦高举远慕，有遗世之意。而亦有得有不得，且得之者亦各有深浅焉。若夫悲欢离合、羁旅行役之感，常人皆能感之，而惟诗人能写之。故其入于人者至深，而行于世也尤广。（清真）先生之词，属于第二种为多。故宋时别本之多，他无与匹。又和者三家，注者二家（强焕本亦有注，见毛跋）。自士大夫以至妇人女子，莫不知有清真，而种种无稽之言，亦由此以起。然非入人之深，乌能如是耶？

一七

楼忠简谓(清真)先生妙解音律,惟王晦叔《碧鸡漫志》谓:"江南某氏者,解音律,时时度曲。周美成与有瓜葛。每得一解,即为制词。故周集中多新声。"则集中新曲,非尽自度。然顾曲名堂,不能自已,固非不知音者。故先生之词,文字之外,须兼味其音律。惟词中所注官调,不出教坊十八调之外。则其音非大晟乐府之新声,而为隋唐以来之燕乐,固可知也。今其声虽亡,读其词者,犹觉拗怒之中,自饶和婉。曼声促节,繁会相宣;清浊抑扬,辘轳交往。两宋之间,一人而已。

——以上录自《清真先生遗事·尚论三》

一八

(《云谣集杂曲子》)《天仙子》词特深峭隐秀,堪与飞卿、端已抗行。

——以上录自《观堂集林·唐写本〈云谣集杂曲子〉跋》

一九

(王)以凝词句法精壮,如和虞彦恭寄钱逊升(当作"叔")《蓦山溪》一阕、重午登霞楼《满庭芳》一阕、舣舟洪江步下《浣溪沙》一阕,绝无南宋浮艳虚薄之习。其他作亦多类是也。[按:此则乃观堂所录阮元《四库未收书目·王周士词提要》,实非观堂论词之语。]

——以上录自《观堂别集·跋〈王周士词〉》

二〇

有明一代,乐府道衰。《写情》《扣舷》,尚有宋元遗响。仁、宣以后,兹事几绝。独文愍(夏言)以魁硕之才,起而振之。豪壮典丽,与于湖、剑南为近。

——以上录自《观堂外集·桂翁词跋》

二一

王君静安将刊其所为《人间词》,诒书告余曰:"知我词者莫如子,叙之亦莫如子宜。"余与君处十年矣,比年以来,君颇以词自娱。余虽不能词,然喜读词。每夜漏始下,一灯荧然,玩古人之作,未尝不与君共。君成一阕,易一字,未尝不以讯余。既而暌离,苟有所作,未尝不邮以示余也。然则余于君之词,又乌可以无言乎?

夫自南宋以后,斯道之不振久矣!元、明及国初诸老,非无警句也。然不免乎局促者,气困于雕琢也。嘉、道以后之词,非不谐美也。然无救于浅薄者,意竭于摹拟也。君之于词,于五代喜李后主、冯正中,于北宋喜永叔、子瞻、少游、美成,于南宋除稼轩、白石外,所嗜盖鲜矣。尤痛诋梦窗、玉田。谓梦窗砌字,玉田垒句。一雕琢,一敷衍。其病不同,而同归于浅薄。六百年来词之不振,实自此始。

其持论如此。及读君自所为词,则诚往复幽咽,动摇人心。快而沉，直而能曲。不屑屑于言词之末，而名句间出，殆往往度越前人。至其言近而指远，意决而辞婉，自永叔以后，殆未有工如君者也。君始为词时，亦不自意其至此，而卒至此者，天也，非人之所能为也。若夫观物之微，托兴之深，则又君诗词之特色。求之古代作者，罕有伦比。

呜呼！不胜古人，不足以与古人并，君其知之矣。世有疑余言者乎，则何不取古人之词，与君词比类而观之也？光绪丙午三月，山阴樊志厚叙。

二二

去岁夏，王君静安集其所为词，得六十馀阕，名曰《人间词甲稿》，余既叙而行之矣。今冬，复汇所作词为《乙稿》，丏余为之叙。余其敢辞。

乃称曰：文学之事，其内足以摅己，而外足以感人者，意与境二者而已。上焉者意与境浑，其次或以境胜，或以意胜。苟缺其一，不足以言文学。原夫文学之所以有意境者，以其能观也。出于观我者，意馀于境。而出于观物者，境多于意。然非物无以见我，而观我之时，又自有我在。故二者常互相错综，能有所偏重，而不能有所偏废也。文学之工不工，亦视其意境之有无，与其深浅而已。自夫人不能观古人之所观，而徒学古人之所作，于是始有伪文学，学者便之，相尚以辞，相习以模拟，遂不复知意境之为何物，岂不悲哉！苟持此以观古今人之词，则其得失，可得而言焉。温、韦之精艳，所以不如正中者，意境有深浅也。《珠玉》所以逊《六一》，《小山》所以愧《淮海》者，意境异也。美成晚出，始以辞采擅长，然终不失为北宋人之词者，有意境也。南宋词人之有意境者，唯一稼轩，然亦若不欲以意境胜。白石之词，气体雅健耳。至于意境，则去北宋人远甚。及梦窗、玉田出，并不求诸气体，而惟文字之是务，于是词之道熄矣。自元迄明，益以不振。至于国朝，而纳兰侍卫以天赋之才，崛起于方兴之族。其所为词，悲凉顽艳，独有得于意境之深，可谓豪杰之士，奋乎百世之下者矣。同时朱、陈，既非劲敌；后世项、蒋，尤难鼎足。至乾、嘉以降，审乎体格韵律之间者愈微，而意味之溢于字句之表者愈浅。岂非拘泥文字，而不求诸意境之失欤？抑观我观物之事自有天在，固难期诸流俗欤？余与静安，均夙持此论。

静安之为词，真能以意境胜。夫古今人词之以意胜者，莫若欧阳公。以境胜者，莫若秦少游。至意境两浑，则惟太白、后主、正中数人足以当之。静安之词，大抵意深于欧，而境次于秦。至其合作，如《甲稿·浣溪沙》之"天末同云"、《蝶恋花》之"昨夜梦中"、《乙稿·蝶恋花》之"百尺朱楼"等阕，皆意境两忘，物我一体。高蹈乎八荒之表，而抗心乎千秋之间。骎骎乎两汉之疆域，广于三代；贞观之政治，隆于武德矣。方之侍卫，岂徒伯仲！此固君所得于天者独深，抑岂非致力于意境之效也。至君词之体裁，亦与五代、北宋为近。然君词之所以为五代、北宋之词者，以其有意境在。若以其体裁故，而至遽指为五代、北宋，此又君之不任受。固当与梦窗、玉田之徒，专事摹拟者，同类而笑之也。光绪三十三年十月，山阴樊志厚叙。〔按：此二序虽为观堂手笔，而命意实出自樊氏。观堂废稿中曾引樊氏之语，而樊氏所赏诸词，《观堂集林》亦不尽入选，可证也。〕

——以上录自《观堂外集》

二三

欧公《蝶恋花》"面旋落花"云云，字字沉响，殊不可及。

——以上陈乃乾录自观堂旧藏《六一词》眉间批语

二四

《片玉词》"良夜灯光簇如豆"一首，乃改山谷《忆帝京》词为之者，似屯田最下之作，非美成所宜有也。

——以上陈乃乾录自观堂旧藏《片玉词》眉间批语

二五

温飞卿《菩萨蛮》："雨后却斜阳，杏花零落香。"少游之"雨馀芳草斜阳，杏花零落（当作"乱"）燕泥香。"虽自此脱胎，而实有出蓝之妙。

二六

白石尚有骨，玉田则一乞人耳。

二七

美成词多作态,故不是大家气象。若同叔、永叔虽不作态,而一笑百媚生矣。此天才与人力之别也。

二八

周介存谓白石以诗法入词,门径浅狭,如孙过庭书,但便后人模仿。予谓近人所以崇拜玉田,亦由于此。

二九

予于词,五代喜李后主、冯正中而不喜《花间》。宋喜同叔、永叔、子瞻、少游而不喜美成。南宋只爱稼轩一人,而最恶梦窗、玉田。介存《词辨》所选词,颇多不当人意。而其论词则多独到之语。始知天下固有具眼人,非予一人之私见也。

——以上陈乃乾录自观堂旧藏《词辨》眉间批语

重印后记

王国维的《人间词话》，最初只有上卷，刊载在一九〇八年的《国粹学报》上，分三期登完。到了一九二六年，才有俞平伯先生标点、朴社出版的单行本。一九二七年，赵万里先生又辑录他的遗著未刊稿，刊载于《小说月报》上，题为《人间词话未刊稿及其他》。一九二八年罗振玉编印他的遗集，便一并收入。分为上、下两卷，以原来的为上卷，赵辑的为下卷：从这时候起，始有两卷本。一九三九年开明书店要重印这书，我就《遗集》中再辑集他有关论词的片段文字，作为补遗附后：这便是现在印行的本子。其中署名山阴樊志厚的《人间词》甲、乙稿两序，据赵万里先生所作年谱，实在是王国维自己的作品，所以也一并收入附录中。这本小册子出版后，陈乃乾先生又从王氏旧藏各家词集的眉头，抄录他手写的评语给我，我在一九四七年印第二版的时候再补附在最后。书中的注，一部分是周振甫先生所搜集的，一部分是我加的，全部都经过我的校订。这些注，目的是让读者阅读时得到一些便利，所以没有注者自己的意见。现在中华书局又要利用开明旧纸型重印了，因记本书经过如上。一九五四年十一月，徐调孚。

校订后记

　　《人间词话》，近人王国维撰，写于一九〇八年以前。兹以通行之中华书局排印有校注本为据，并根据王氏原意，重行编次。（一）以王氏手自删定，刊于《国粹学报》者（即通行本卷上）为《人间词话》。（二）以王氏所删弃者（即通行本卷下）为《人间词话删稿》。其中有五条此次据原稿录出，为以前所未发表。（三）以各家所录王氏论词之语而原非《人间词话》组成部分者（即通行本卷下末数条及通行本补遗）为附录。通行本校注仍附各条之下，略加必要之补充与说明（加"按"语以为别）。通行本误字，而原稿未误者，据原稿径行改正，不复作校注。王氏论词之语，未尽于此，俟后觅得续补。

校订者

（编者注：校订者即王国维次子王仲闻。）

全文完